静かな少年とクズリの物語

二郷半二《にごうはんじ》

目次

この作品は十二歳で白血病のために天に召された里子ちゃんに捧げます

序章　深い森

不思議な色彩《しきさい》が森を覆《おお》っていた。

深海の色にも似た深い藍色《あいいろ》の世界に、雪の冠《かんむり》を頂いた無数の針葉樹林《しんようじゅりん》から成る森が静かに横たわっている。

わずかな星明りに映《は》えて、雪に覆いつくされたこの森は、まるで青白い蛍光体《けいこうたい》のように、深い藍色《あいいろ》の地上から、ボーッと浮き上がって見える。

見慣《みな》れない天気だった。雪が落ちてくるにもかかわらず、夜の空にはところどころに星の瞬《またた》きがきらめいている。

風に流されてきたまばらな雪雲《ゆきぐも》が、その下にだけ雪を降らせている。

地上の気温がマイナス三十度を下回る極北《きょくほく》の地に落ちてくる雪。ボタン雪のような、あのやさし気《げ》なふくよかさはどこにもない。

雪の水分はすべて上空マイナス五十度を下回る冷気に凍りつき、様々なガラスの破片《はへん》のようなするどい形をした結晶のみが、キラキラと光りかがやき、わずかな青白い星明りに映《は》えて落ちてくる。

ダイヤモンド・ダストといわれる細氷現象《さいひょうげんしょう》。地表に落ちてくる雪はすべて凍りつき結晶となり、さらさらとした雪の状態で降り積もる。

風が吹けばそのさら雪が、わずかな星明りに映《は》えながら、針の先ほどの無数の光を舞わせて、四方八方《しほうはっぽう》へと飛び散っていくのはそのため。

その姿はまるで、この森の妖精が魔法のつえを一振りして作り出す幻想《げんそう》の世界。

だがこの世界も長くはつづかない。上空の雪雲《ゆきくも》の一群が、風に吹かれて通り過ぎればこの幻想の世界も終わる。

その後《あと》には、時が止まったような白い静寂《せいじゃく》の世界がふたたびもどってくる。


「クーン……、クーン……」

という小さな泣き声が、どこからか聞こえてくる。

小高い丘の下の茂み、外敵に気づかれないように巧《たく》みに掘られた穴。鳴き声はその穴から聞こえてくるようだ。

カナダ西部を南北に走る、広大なロッキー山脈の深い森の中。季節は二月の下旬。

森の生き物たちには最もきびしい時期。が、この苦しい時期を乗り切れば、春の先触《さきぶ》れはもうそこまできている、そのことをこの森に住む生き物たちはみな知っている。

生き物たちはみな、冬将軍が腰を上げるその日を、息をひそめてじっと待っている。

「クーン……、クーン……」

鳴きつづける声はもう昨日からつづいている。

二日目に入って泣き声も徐々に弱くなってきた。穴の中では、つい一月ほど前に生まれた三匹のクズリの子供たちが、母親の帰りを待っている。

母親が留守にしている間は、子供たちは決して鳴かない。

腹を空《す》かせた捕食者は常に獲物《えもの》を狙って歩き回っている。鳴き声を捕食者に聞かれたら、それが最期だ、ということは子供たちも本能で知っている。

それにもかかわらず、鳴いているというのは母親に起こった異常を子供たちも感じ取っている……、ということなのだろう。

巣穴を出る前に母親は十分に乳を与えていた。今度の狩りには少し時間がかかるかもしれない……、母親はそう予感していたからだ。

冬の間クズリは、主に冬がくる前に貯《たくわ》えた栄養豊富な骨の髄《ずい》を食べて過ごす。

他の生き物たちが食べない骨の髄《ずい》を食べることで、クズリが他の生き物たちとの生存競争に勝ち残ることを容易《ようい》にしていた。

クズリに与えられた、ひときわ丈夫な顎《あご》と歯がそのことを可能にしていた。

だが昨年の秋は、地球温暖化にともなう異常気象がこの森に深刻な影響を及ぼした。草木が正常に生育せず、それを食べる草食動物の数も著《いちじる》しく数を減らした。獲物《えもの》が激減《げきげん》したその結果として、冬を越すために貯《たくわ》えられる骨の量も少なく、母親は今年の冬はしばしば巣穴を出て狩りに出かけざるを得なかった。

クズリの出産は森の環境に鋭敏《えいびん》に反応する。獲物が少ない年には出産しないこともある、子供が餓死《がし》する可能性が高まるからだ。

だがどういうわけか、このクズリは獲物《えもの》の少ないこの冬に三匹もの子供を産んでいた。巣ごもりの最中《さなか》に何度も狩りに出かけたのには、こんな事情を抱《かか》えていたからだ。

母親が狙っていたのは大物の赤鹿。この大型の鹿を一頭仕留《しと》めれば、もうこの冬巣穴から出ることはない。だが赤鹿を狩ることはそう簡単じゃない。

長い時間獲物《えもの》を求めて歩いていた母親は、森の中で雪の上につづく小さな獣道《けものみち》を見つけていた。薄くはなっているが鹿の足跡も見てとれる。

母親は辺《あた》りを見回した。獣道《けものみち》の上に大きな木の枝が張り出している。

大きな獲物に対するクズリの狩りには独特な方法がある。

木の上から獲物《えもの》に飛びかかり、一瞬のうちに、頭部の急所、延髄《えんずい》やせき髄《ずい》などを噛み砕く、または喉《のど》を攻撃して窒息《ちっそく》させるやり方だ。

母親は静かに木に登る。そして大きな木の枝から下の獣道《けものみち》を見て自分の位置を確認すると、そのまま木の一部になったように動きを止めた。

それからどれほど時間が経ったろうか……？　冬毛に覆《おお》われたキツネがやってきた。黙って通した。ウサギも姿をみせた。おやつにもならない。無視した。

そしてそれから何時間も辛抱強く待ちつづけた。

下の獣道《けものみち》を通る生き物たちが、大きな枝の一部と化した樹上《じゅじょう》のクズリの母親に気づくことはなかった。森の中ではどんな生き物でも警戒心は前後または左右に向けられる。上に警戒心を向ける生き物はいない。

日はすでに西の山に傾《かたむ》き、やがて落ちかけようとしている。

この母親は、昨日《きのう》残してきた子供たちのことが気になっていた。

自分がいなければ子供たちは確実に餓死する。この狩りはあきらめて出直そうか……、そう思いはじめていた矢先《やさき》のことだった。

あきらめかけていた母親の忍耐が報《むく》われる時がやってきた。赤鹿がついにその姿を現したのだ。

母親は感謝していた。たったの二日ほどでこんな機会に巡《めぐ》り会えることなど、僥倖《ぎょうこう》（めったにない幸運）としか思えない。

何日も歩きまわった挙句《あげく》、それでも獲物にありつけないことなど珍しいことじゃない。

そんな状況の中でやっと獲物《えもの》を仕留められる機会を得られたのだ。

子供たちのことを考えれば、この狩りに失敗するわけにはいかない。母親は気配《けはい》を消し、息をころして獲物《えもの》が近づくのを待った。

注意力を新しい木の芽《め》探しに向けている赤鹿は、クズリの気配《けはい》にまったく気づかない。いつものように大きな枝の下を通り過ぎようとした。

その瞬間だった。

母親は音もなく落下《らっか》し、赤鹿の体に頑丈な長い爪を突き立てて絡みつくと、その強力な顎《あご》は、一瞬にして赤鹿の頭の急所をかみ砕《くだ》いていた。

この、あっ、という間の攻撃は、赤鹿を苦しませることもなくあの世に送っていた。

母親は仕留《しと》めた鹿の肉を一噛《ひとか》みすると腹におさめた。飢《う》えていた腹には、一噛《ひとか》みの肉は満足感とはほど遠い、食欲増進の役割しか果たさない。

また一《ひと》噛みした。やがて遠くで狼の遠吠えが聞こえてきた。犬の嗅覚《きゅうかく》は条件にもよるが人の百万倍から一億倍ともいわれる。野生に生きる狼は犬に勝《まさ》る嗅覚《きゅうかく》を備えている。

その嗅覚《きゅうかく》が鹿から流れ出す血の臭いを嗅《か》ぎつけたのだろう。母親も気づいている、遠吠えが聞こえてきた時から狼が襲ってくるだろう、ということは。

だがこの獲物《えもの》を横取りされるわけにはいかない。自分と三匹の子供たちがこの冬を越すための大切な食糧だ。

クズリは「小さな悪魔」とも呼ばれている。

獲物《えもの》をめぐっては、例えグリズリー（灰色熊）や狼と闘っても一歩も引かない。極北《きょくほく》の最強の肉食獣が、クズリを見ると避《さ》けて通る。

それほどに、クズリは勇敢で獰猛《どうもう》な生き物。

子供たちを飢《う》えから守るためには、この獲物を横取りされるわけにはいかない。母親も子供たちのために逃げるつもりはなかった。

だがこの母親には冬場に狼と闘った経験がない。それが、彼女に致命的《ちめいてき》な誤算《ごさん》を生じさせていた。

夏場は単独行動の狼も、冬場は狩りの確度を上げるために通常、十頭前後の群れで行動する。接近してきた狼たちは、比較的小さな群れの五頭ではあったが、それでも母親一頭で闘うには多すぎる。

狼たちにも巣穴では餌を待っている子供たちがいるのだ。獲物《えもの》を横取りしようと、母親を取り囲むと、狼独特の群れによる攻撃を開始した。

狼の最初の攻撃は、相手を疲れさせるためのもので、致命傷を与える攻撃はしない。

母親は必死で闘ったが五頭の狼が、相手を疲れさせるために、息つく暇《ひま》もなく交互に連続攻撃を仕掛けてくるのだ、獲物《えもの》を守れるはずもなかった。

疲れ果てるのは時間の問題。疲れてくれば、如何に「小さな悪魔」と呼ばれるクズリの母親にも、防ぐ手立てはなくなる。

獲物《えもの》に執着《しゅうちゃく》し過ぎると判断を誤り生き残る可能性さえ失う。獲物《えもの》の取り合いは常に生死をかけた闘い。負ければ死を意味する。これが野生に生きる物の掟《おきて》。

やがて疲れ果てた母親は、連携《れんけい》して仕掛けてくる狼の激しい攻撃を避けることができずに無数の咬《か》み傷を負っていた。

その時母親の脳裏《のうり》をよぎったのは巣穴で待っている三匹の子供たち。自分がいなければ子供たちは間違いなく餓死《がし》する。

引き際《ぎわ》を見誤《みあやま》った母親は、重い傷を負っているにも関わらず、それでもほんの一瞬の隙《すき》をとらえて、その場からの脱出を試みた、

(子供たちのためにもここで死ぬわけにはいかない……)

幸いにして、飢《う》えた狼たちの関心は目の前に横たわる大物の赤鹿にしかなかった。

赤鹿一頭は五頭の狼にとって十分な量の食料。その場から必死で逃走をはかろうとする、クズリの母親に関心を示す狼は一頭もいなかった。

野生では獲物《えもの》でない限り、負けを認めて逃げる相手を追いかけ、無駄に命を奪うような、そんな非道《ひどう》をする生き物はどこにもいない。

自然には、生きるためであれば身を守る術《すべ》のない子供の死でも容認する、「適者生存《てきしゃせいぞん》」というきびしく、非情な掟《おきて》が存在する。

だが、そんなきびしい自然でも、無駄に命を奪うことは決して許してはいない。

狼の攻撃から、必死で逃げて安全な距離をとったクズリの母親は、まずこの傷を治すことだ……、そう思い、重傷を負った右脚を引きずりながら巣穴へと急ぐ。

咬《か》み傷は顔をはじめ体の至る所にあった。

中でも、右脚に受けた咬《か》み傷がもっとも深い。ようやく危地から脱出した母親は大木の陰に身を潜《ひそ》め体を休めると、右脚の傷を丹念《たんねん》になめ始めた。

幸いにして重い傷は母親の舌のとどく所にあった。

生き物の唾液《だえき》には様々な酵素や抗菌作用《こうきんさよう》のある微生物《びせいぶつ》が含まれている。

治る傷であればなめることによって自然治癒《しぜんちゆ》につながる。犬や猫が傷ついた箇所を丁寧《ていねい》になめるのはそのため。

母親はその本能に従って丹念《たんねん》に傷口をなめていた。

傷口をなめていた母親がフッと顔を上げた、森には存在しない、異様《いよう》な臭いが鼻にまとわりついてきたのだ。

次の瞬間、

「ガーンッ……」

という銃声が森中にこだました。母親がその音を聞くことはなかった。

母親の首が、その銃声とともにガクッと折れた。それが必死で子供の元に帰ろうとしていた母親の最後の姿。

風下《かざしも》の近くの藪《やぶ》から。硝煙の消えやらぬ猟銃を両腕に抱《だ》いた猟師が姿を見せた。

ビーバーの毛皮の帽子をかぶった、黒いあごひげをたくわえた大男だった。ニヤリ、と笑いを浮かべたその男は、母親の周囲の足跡を調べていた。

猟師の名前はゴードン・アイアン。だが猟師仲間は彼のことをアイアンマン（鉄のように冷たい男）と呼んでいる。凄腕《すごうで》だが金のためにはなんでもする冷血な男だからだ。

彼はクズリの乳首が張っていることに気づいた。子供がいるということだ。

広い縄張りを必要とするクズリはそう数多くいるわけじゃない。

子供がいれば育てて売れば金になる。このクズリを撃ったのも、ある金持ちに頼まれての仕事だ。希少価値《きしょうかち》のある生き物は、数が少なくなればなるほどに金になる。

そう考えたゴードンは、母親の骸《むくろ》を手引きの橇《そり》にのせると子供を捕《つか》まえるべく、巣穴へとつづく母親の足跡を慎重にたどっていく。

いっぽう、母親に起こった悲劇も知らずに待っていた子供たちだったが、一日経っても帰ってこない母親に異常を感じ鳴きだしていた。

三匹のうちの一匹が、鳴きながら外に出ようとしている。この子は一番遅く産まれ母親が最も心配していた一番育ちの遅い子だった。

母親を失った子供たちは、ほとんど巣穴の中で餓死《がし》する。

外に出ても身を守る術《すべ》のない子供たちはすぐに、他の肉食獣《にくしょくじゅう》に捕食されるだけ。だから最期まで母親が帰ってくる可能性を求めて飢《う》えて死んでいく。

心ある猟師はこの時期、また春先の子育てをしているメスの生き物たちを決して撃《う》たない。彼女たちの背後には、帰りを待つ多くの子供たちがいるのを知っているからだ。

山に恵みをもたらす子供たちを飢《う》え死《じ》にさせることは、自分たちの生活をも破壊《はかい》することにつながる。山に住む者に課されたこの掟《おきて》を守らないゴードンは、他の猟師の嫌《きら》われ者にもなっていた。

一番小さいこの子は、

（母親はもう帰ってはこない……　……）

と悟《さと》ったのかもしれない。

こんな小さい体に、

（よくもこれだけの力が、まあ、残っていたものだ……！）

と驚くような力強さで、雪をかき分けて巣穴から這《は》い出してくる。

おさまった風がまた強くなり厚い雪雲《ゆきぐも》を運んできた。

やがてよこなぐりの雪が激しく落ちてくると、巣穴からつづくこの子の足跡《あしあと》も雪がすべてを消し去っていた。

この子には、もう前に行くしか道は残されていなかった。

第一章　沈黙の世界

パトリシアの故郷はストーンリッジ。アルバータ州の州都エドモントンからもそう遠くない自然に囲まれた小さな町だ。

パトリシアは代々弁護士の家系、バートン家に生まれた。特に祖父のジェラルドは、カナダでも五指に数えられた有能な弁護士。

その資質は父親のマシューではなく孫娘のパトリシアに受け継がれているようだ。彼女の法廷での勝率は、他の弁護士を寄せ付けないほどに圧倒的に高かった。

カナダ最大の都市トロントで夫のマット・ジョーンズと弁護士事務所を開いていた。父親のマシューは自分の代で弁護士の家系を終わらせないようにと、心を砕くだけの取り立てて言うべきこともないような、ありふれた弁護士の一人。

だが祖父がかなりの遺産《いさん》の半分を孫娘のパトリシアに遺《のこ》した時も、彼女のために心から喜んでくれた善人でもあった。

彼女は弁護士仲間のマット・ジョーンズと三十五歳の時結婚をした。多忙な弁護士生活が彼女の婚期を遅らせていた。

その翌年に早く欲しいと念願していた子供を授《さず》かった。周りのすべての人々から熱《あつ》い祝福を受けた。パトリシアにとっては幸せの絶頂とも言うべき時期。

そして月が満ち息子のローリーが産まれた。

泣き声の聞こえない出産だった。手足は元気に動かしている。だが声だけがなかった。異常は誰の目にも明らかだった。

日が経つにつれ、何の反応も示さないことから耳の聞こえないことも分かった。彼女への同情の所為《せい》なのか、まるで潮が引くように、祝福していた周りの人々が去っていった。

パトリシアは、幸せの絶頂の裏に張り付けられていた、この突然の不幸に混乱し神さえも憎んだ、

（なぜ自分だけがこのような目に遭《あ》うのか……、なぜ神はこんな理不尽《りふじん》な試練を自分に与えるのか……）

と。夫のマットさえ病室に入れることもなく三日三晩彼女は泣きとおした。

四日目、彼女の泣きはらした目には静謐《せいひつ》（静かで安らかな様子）が浮かんでいた。

その目からは、四日前の混乱も神に対する憎悪《ぞうお》さえも消えていた、そして人としての常識さえも。

彼女の心に生まれてきたもの、それは人の常識をはるかに越えた勇気と決意だった。

沈黙の世界に生まれてきたこの子には、なんのそして一片《いっぺん》の責任もない。ただ純粋《じゅんすい》で無垢《むく》な存在で生まれてきたにすぎない。

それにもかかわらず、この子の将来には、いわれのない幾多《いくた》の困難や不幸が待ち受けていることだろう。それは、心無い子供たちや大人たちの目、不必要な憐憫《れんびん》の情（可哀《かわい》そうと思う心）そして未成熟な社会のシステムなど、など……。

パトリシアは社会の悪、そして矛盾《むじゅん》といったものと闘ってきた弁護士だから、そのあたりのことはよく分かる。

泣きとおしたパトリシアの最初の日は、自分の不幸を泣き呪《のろ》う怨嗟《えんさ》の涙だった。が、あどけない我が子の笑みを見ているうちに、

（この子がなにをしたというのだ……、この子になんの罪があるというのか……？）

という思いに激《はげ》しく突き動かされた。

その責任の所在《しょざい》を強《し》いてあげれば、産んだ当人の自分にしかない……！　そこに思いがいたった時、パトリシアのすべてが変わった。

二日目以降の涙は、この子に対する詫《わ》びの涙、そして
（何があっても守りぬく……　…）

という強い母親の涙に変わっていた。

四日目にパトリシアの目に浮かんだ静謐《せいひつ》は、母親の持つ本来の真の強さ、そのものだった。そしてそれは揺《ゆ》るぎのない決意と心の落ち着きを彼女にもたらしていた。

いずれ子供にもたらされるだろう……、と彼女が予想していた不幸は、早くも生後十日後には彼女を襲《おそ》っていた。

しかもそれは想像もしなかった、本来沈黙の世界に追いやられたこの子を守るべき側に立つはずの、身内からもたらされた彼女にとっては衝撃的《しょうげきてき》な困難だった。

父親のマシューが、

「ローリーは養子に出したらどうかな……？」

と、やんわりと聞いてきたのだ。

一片《いっぺん》の良心の呵責《かしゃく》は感じていたのだろう、それはおずおずとした物言《ものい》いだった。

弁護士は言葉の専門家。その短い一言でパトリシアは、問いただすこともなく、この言葉の裏に潜《ひそ》む父親の考えのすべてを理解していた。

弁護士の家系を絶やすまいと腐心《ふしん》する父親にとっては、ローリーは好ましからざる孫だ。

小心者の父親には、この考えしか浮かばなかったのだろう。

さらに衝撃的《しょうげきてき》なことは、夫のマットまでもがこの意見に同意している、という父親から聞いた言葉だった。

自《みずか》らそういうことを考えるマットじゃない。父親に説得されたのだろう、ということは分かる。だがマットにとってローリーは血を分けた自分の息子だ。

パトリシアには言うべき言葉が見当たらなかった、父親の言葉に同意した夫に対して、そしてそれを言い出した父親に対して。

パトリシアには、法律の世界を疎《うと》ましく思う時がよくあった。場合によっては一般社会よりも、より俗人的《ぞくじんてき》な世界であることを彼女は体感していたからだ。

あってはいけないことだが、金があり、権力があれば有利に法廷闘争を導くことも可能。裏の道はどの業界にもある。法曹《ほうそう》（法律事務を扱う総称）の世界も例外じゃない。

そういう時、元猟師をしていた知り合いの山のガイドと一緒に、よく彼女は野生の生き物たちに会いに行った。

ウサギに会った。キツネに会った。狼に遭遇《そうぐう》したこともある。

そういう生き物たちの、今この時を必死に生きている眼を見ると、忘れていたものを取りもどせるような気持ちになる。

彼らは「適者生存《てきしゃせいぞん》」という過酷《かこく》な環境の中で、今日という時間を必死に生きているからだろう。明日《あした》という時間が保証されない中で、生き物たちは、明日《あした》を迎えるために懸命《けんめい》に生きている。

命が保証された社会の中で、必死に生きている人間にパトリシアは会ったことがない。だから人間は、大事なことを忘れても平気で生きていけるのだろう……、それがパトリシアの思いになっている。

彼女はガイドに教えられた一つの言葉を記憶している。

「みなさんは、獣《けもの》、獣《けもの》と簡単にいいますが、社会性を持った獣《けもの》たちは人間にも劣《おと》らない行動で助け合っているんですよ……」

という出だしから、狼の生態について語ってくれた。

どんな生き物にも、人と同様に障害を持って生まれついてくる子供たちはいるそうだ。

母狼またはその群れが、そういう子供たちに冷たくすることも、ましてや見捨てることなど決してしない。必死で群れの中で育てようとする。

が、弱った仲間や動きのおそい子供たちから先に外敵に襲われる。それが自然の調和を統《す》べるきびしい「適者生存《てきしゃせいぞん》」の道理。誰もこの道理には背《そむ》くことはできない。

でも最期の時がくるまでは、母親とその群れは必死に守りぬこうとする。

ガイドが遠い山を見るような眼差《まなざ》しで語ってくれたその話を、彼女は今でも忘れることができない。

因《ちな》みにそのガイドが猟師をやめた理由も、それまでには想像もしていなかった、人に勝《まさ》

る野生の生き物たちの情愛に満ちた姿を、

「実際にこの目で見たからなんです……」

と教えてくれた。

その記憶を呼び起こしていたパトリシアは、夫のマットと離別《りべつ》し父親とも絶縁《ぜつえん》した。弱い者を守ろうとする姿を失えば、人として残るものはなにもない。

社会の最大の目的は弱者《じゃくしゃ》の救済《きゅうさい》。

三人以上集まれば社会が形成される。必ずその規格に合わない弱い者が出てくる。社会ができた大きな目的はその弱いものたちを保護するためにある、それが人権弁護士である彼女の考え方。

パトリシアは独自の世界観を持ち、自《みずか》らが判断を下し、誰にも依存せずに生きていける自立した女性。

この社会の最大の目的に背を向けて、孫をそして実の子を安易《あんい》に捨てろ、と言う二人に対しては深い絶望しかない。返すべき言葉などなに一つ見当たらなかった。

彼女はそれまでにも疲れを感じていた、法曹《ほうそう》の世界からも距離を置いた。

多くの弁護士が正義のためには闘わず、検事は検察という公正無私《こうせいむし》な天職を全《まっと》うできないご都合主義《つごうしゅぎ》な姿をさらしているからだ。

その生き方を可能にしてくれたのが、祖父から残された巨額の遺産だった。この遺産によって母子は不自由なく人生を全《まっと》うできる。

それ以来、パトリシアはローリーとの二人だけの世界で生きている。

ロッキー山脈のすそ野にある山小屋風の家で暮らす、パトリシアとローリーの母子にはこのような背景があった。


今日もパトリシアが運転する四輪駆動車《よんりんくどうしゃ》（険《けわ》しい悪路でも運転可能な車）はわずかに残る轍《わだち》の後をたどって山の奥に入り込んでいた。

一人息子のローリーも今年十歳になっている。

持って産まれた不幸を、少しでも改善しようと、パトリシアは必死の思いで手を尽くし、色々な専門家にも相談した。

聴力に関しては、人工内耳という方法もある、ということで試そうとしたが、幼いローリーが嫌がった。パトリシアには理解できない色々と不快なことを、その治療を通してローリーは感じたのかもしれない。

無理強《むりじ》いは絶対にやってはいけないこと……、そう思うパトリシアは、すこし時間をおき、ある程度成長してからまたローリーに相談するつもりだった。

だが、ローリーがずっと治療を嫌がってきた。

現状に慣れてきた、ということや手話や読唇術《どくしんじゅつ》も操《あやつ》れるようになり、不便を感じなくなった、ということもあるのかもしれない。

ローリーが希望すればいつでも治療は始められる……、と伝えて、パトリシアはローリーの気持ちに委《ゆだ》ねることにした。

都会の喧騒《けんそう》を嫌うローリーは山奥に分け入ることを殊《こと》の外《ほか》好んでいた。

喧騒《けんそう》を嫌うと言っても、その喧騒《けんそう》が耳に入ってくるわけじゃない。見える都会の景色が頭の中に喧騒《けんそう》と埃《ほこり》っぽい空気のイメージを呼び起こすのだ。

山奥に入れば、そのイメージに傷つけられていた脳内を走る神経に、静けさがもどってくるような心地《ここち》がする。

楽しみの少ない息子の気持ちをできるだけ慰《なぐさ》めようと、弁護士という職業から離れた彼女は、天気のいい日などは山奥に向けて車を走らせることを常としていた。

朝方は青空が顔をのぞかせていた天気だったが、冬山の気象は短時間で激変することがよくある。先ほどから風が強くなり、厚い雪雲を運んできたようだ。

さっきまではまばらな降り方だった雪が、密度の濃い降り方へと変わっている。この分だとかなりの積雪になる。

予想外の天気になった。今日は引き返した方が良さそうだ、そう思ったパトリシアは徐行していた車を止めると、バックして車の向きを変えようとした。

その時だった。彼女の太股《ふともも》をローリーの左手がギュッと握りしめた。止まれ、という彼の意思表示だ。

ローリーは口がきけない、そして耳も聞こえない。彼は静かな、もっと的確な表現をすれば、音の消えた沈黙の世界に住んでいる。

窓の外に目をやっていた彼の視界に、わずかに動く黒く小さな生き物が入ってきたのだ。完全に停車した車の中から目を凝《こ》らしてみると、その小さな生き物はわずかだが前に這《は》っているように見える。

彼はドアを開けて車高のある四輪駆動車《よんりんくどうしゃ》から、飛ぶようにして降りると、その小さな生き物に向かって歩き出した。

パトリシアは用心深く辺《あた》りを見回す。他に生き物の気配《けはい》はない。

森は深閑《しんかん》として静まり返り、聞こえるのは、ザクッ、ザクッ、ザクッ……　……、というローリーの雪を踏みしめて歩く小さな音だけ。

十歩ほど歩いたローリーは小さな生き物を抱き上げた。

その時、辺りを見回していたパトリシアが、針葉樹の陰からローリーをにらむように見ている一人の大男に気づいた。ローリーもすぐにその男に気づいたようだ。

男は二人の視線に気づくと、気圧《けお》されるかのように森の奥へと姿を消した。

男はゴードン・アイアンだった。降り始めた雪で足跡が消され、巣穴の場所を探し回っているうちにクズリの子供を抱いたローリーに遭遇《そうぐう》したのだ。

ローリーだけなら、クズリの子供を強引《ごういん》に奪い取ったかもしれない。が、母親が一緒では手出しができない。

アイアンマンと呼ばれた男も、この状況では引き下がるしかなかった。

薄気味《うすきみ》の悪い男が森の奥に消えたのを確認すると、彼女はローリーに駆け寄った。そして抱かれている生き物をよく見るとなにかの子供のようだ。

パトリシアが抱き取りよく観察すると、意識はないが、弱いけれど脈はある。

前に這《は》って動いていたこの子供の姿は彼女も見ている。してみると、無意識のうちに這《は》っていたのだろう。

彼女は野生の生き物の持つ、強靭《きょうじん》な生命力の一部を見せつけられたような気がしていた。

ローリーを車に乗せると、パトリシアは家に向かってアクセルを一気に踏み込んだ。

四輪駆動車は力強いエンジン音を響かせると、雪煙を上げ急発進した。

医療知識のない彼女だが、この子供の状態を見れば、緊急《きんきゅう》対応が必要だということは理解できる。

低体温症に陥《おちい》っているこの子供を助けるには、一刻も早く体を温《あたた》めて暖かい環境で息を吹き返させることが必要。

パトリシアはもともと子供の頃は、自然の豊かなストーンリッジという町で育った。母方の実家が、ストーンリッジの郊外で、大きな農場を経営し牛や馬、そして犬や猫といった動物たちと一緒に育っている。

野生に対しての理解は普通の人よりもはるかに深いものがあった。

帰宅したパトリシアはすぐに暖炉《だんろ》の火をおこし居間の温度を上げた。ローリーとパトリシアには少し暑いくらいだが、低体温症に陥《おちい》っているこの子には必要な処置。

暖めた毛布でこの子をくるむと、大きなバスケットに入れて暖炉《だんろ》の前に置いた。意識がもどった時のことを考えて温《あたた》めたミルクを大きな皿に注いでバスケットの傍《そば》に置いた。

後《あと》はこの子供の生命力に託《たく》すしかない。この状態では獣医を呼んでもなにもできない。医療は命を維持しようとする自然から与えられた生命力、言い換えれば、生き物が生まれつき持つ治癒能力《ちゆのうりょく》を補助するものでしかない。注射や投薬はそのためにある。

もしこの子供が息を吹き返せば、早い回復のためには医療が必要になる。その時は、この子供を町まで連れて行き獣医にみせる。

この子供が助かれば、間違いなくローリーにはプラスに作用《さよう》するだろう。日常の生活では滅多《めった》に見せない、ローリーの笑顔が、普通に見られるようになるかもしれない。

そのためにはなんでもするつもりのパトリシアだ。

翌日の早朝、彼女は閉め切っていた居間のドアを細目に開けた。死んでいれば、それはそれで仕方のないこと。助からない命は誰にも救えない。

「死」という意味を、ローリーに教えるいい機会になるかもしれない……、そう思いながら彼女はドアを開けた。

案に相違《そうい》して子供はぱっちりと眼を開きパトリシアを見ている。近くに置いたミルクもすべて飲んでいる。

思わず彼女の不安気《げ》な表情に笑みがもどっていた。彼女が近寄っても逃げる素振《そぶ》りも見せない。黙って彼女を見つめるだけ。

野生の生き物にとって最初にやることは、敵か味方かを識別《しきべつ》すること。それは本能であり、子供であろうが大人であろうが同じこと。

この子供にとっては、この識別《しきべつ》は実に容易だった。目覚めたらミルクが置いてあるのだ。味方であることに何の疑いもなかった。

彼女は空になった皿を見ると、またミルクを温めて持ってきた。子供はすごい勢いで飲み始めた。三日ほど何もお腹《なか》に入れていないのだ。当然のことだった。

居間の気配を感じたローリーが起きてきた。いつもの彼の顔は表情に乏《とぼ》しい。その顔に安堵《あんど》の色が浮かんでいる。

それは一つの命が救われた、という大きな安堵《あんど》からもたらされた表情だった。ローリーは生き物を飼ったことがない。

息を吹き返したこの子供の存在は、ローリーが今までに経験したことのない感情を彼にもたらしていた。

モノを言わない小さな生き物、その生き物が自分をじっと見ている。

（なにか言いたいことがあるのだろうか……？）

ローリーもそう思いながらじっと見つめている。

一つだけ確かなこと、母親は自分が決めた通りにしてくれる。自分の意思が今までも常に最優先だった。もし自分が、

「イヤ……」

といえば、母親自身がもしこの子供を飼いたいと思っても、即日この子供は他人の手に渡されることになるだろう。

必死に生きようとしているこの子供の姿は、ローリーに命の尊《とうと》さを教えていた。

ローリーがそれまでに感じていたこと、それは今日が過ぎれば明日がまたくる、という単調な時間の流れだけ。

命の尊《とうと》さ、生きていることの大切さ、などというものは考えたこともなかった。音を失えば、声を失えば、外界から刺激を受けることもない。

ただ時の流れに身を置くだけ。そのローリーが初めて心に感じるものを与えられた、それがなんとしてでも生き抜こうとしている幼い子供の必死の姿。

ローリーはもともと感性の鋭い子供。刺激のない無感動な時間の流れが、その感性を眠らせていただけ。

その姿が、眠っていた感性を目覚めさせ、自分をじっと見つめる幼い目が、無言のうちに命の尊《とうと》さをローリーに教えていた。

思いもしなかった、こんな感情が生まれてきたローリーには、言葉に尽くせないほどの感動が生まれていた。

ローリーは即座《そくざ》に手話で母親にお願いしていた、

「この子供、家《うち》で飼ってもいい…　…?」

と。それはパトリシアも望んでいたこと。彼女に否《いな》やはなかった。

パトリシアにはこの子供がなんの子供か、今は分かっている。昨夜、ロッキー山脈に住む生き物たちが記されている写真入りの図鑑で調べたからだ。

この子供の特徴《とくちょう》からすると、「小さな悪魔」との異名《いみょう》を持つクズリの子供に間違いはない。図鑑には、獰猛《どうもう》な獣《けもの》、として簡単に記されているがまだ子供だ。

成獣《せいじゅう》の大きさは、平均すると、尾長を含めて約一・三メートル。体重は三十キロ前後。この大きさで、「小さな悪魔」とは、また大仰《おおぎょう》な名前を付けたものだ……、とパトリシアは思った。

が、詳しく調べてみると、クズリの実像《じつぞう》はパトリシアの想像とは大きく異《こと》なった。「小さな悪魔」という異名《いみょう》は決して大げさなものじゃなかった。獲物《えもの》の取り合いになれば相手が誰でも果敢《かかん》に挑《いど》んでいく。

飼育下では、陸上最大の肉食獣、北極熊を殺傷した記録も残されているほど。自然界で、もし同様なことが起きたとしても不思議じゃない。

負ければ食われる自然界において、クズリは勝ち目のない闘いは決して挑《いど》まない。相手によって多様な闘い方をする賢さを備えている。

英語名では「ウルバリン」と呼ばれ、この意味は「ウルバー（狼を狩る者）」から由来したもので、クズリの気性《きしょう》の激しさを表している。

実際にクマや狼が仕留めた獲物を奪い取ったという複数の記録も残されている。

パトリシアは少女時代を自然の中で暮らしてきた。どんな生き物にも、人と同じように情があるということは彼女の当然の感覚になっている。

子供の時から一緒に暮らせば、どんな生き物でも情が通い合う。それはトラでもライオンでも、また象でさえも同じこと。

例外的に、もしこのクズリの子供が獰猛《どうもう》な性格を変えられないようなことがあれば、それはその時考えればいい……、それが彼女の考え方。

だが、ローリーとクズリの子供は、なんだか分からないが、互いに興味深げに相手の目をのぞきこんでいる。

柔らかい笑みがパトリシアの表情に浮かんできた。

(この二人はいい友達になれるかもしれない……)

その思いがやわらかい笑みになって、パトリシアの表情にはただよっている。

この日は、ローリーにとって最初の、そして最後の心の友となる「クー」との記憶に残る出会いの日になった。

因《ちな》みに「クー」という名前は、パトリシアがつけた名前。

鳴き声がクーン、クーン……、ということから、その鳴き声をローリーに説明し、「クー」という名前を提案していた。

（名前があれば心の中ではそう呼べるからね、ママ、ほんとうにありがとう……）

彼女の提案に、ローリーも内心そう感謝していた。


ローリーは気づいた時にはすでに音のない世界に住んでいる。不自由さを感じたことは、自分を不幸だと思ったことは、ただの一度もない。

この沈黙の世界が生まれついてから、ローリーが慣れ親しんできた、ただ一つの世界なのだから。

読み書きも勉強も母親が教えてくれた。

ローリーには記憶力が抜群に良いという能力があった。

発達障害の子供には特別な能力を持つ子供がいるという。ローリーの能力が、その特別な能力のためなのかどうか、医師でないパトリシアには判断がつかない。

ある時、気になったパトリシアは精神科医にローリーを見せたことがある。

その精神科医が賢《かしこ》いローリーに興味を持った。が、ローリーがその精神科医を嫌がった。

精神科医の診察を受けたその夜のこと、

「ぼくはこのお医者さんはきらい……」

はっきりとそう手話で意思表示をしてきた。

翌日からすべての診察、治療を断った。診察としては当然の手順だったのだろうが、ローリーにはその精神科医の手順がまったく合わなかったようだ。

そのローリーの意思表示は、

（ぼくは特別な存在なんかじゃない……）

という強烈なパトリシアへの訴えになっていた。

発達障害であろうがあるまいが、彼女は今のままのローリーを愛している。彼が発達障害であっても構わないと思っている。

また色々と学んでいた彼女は、発達障害と呼ばれる状態は、以前であれば、少し変わった子供……、くらいに見られていたような気もする。

以前は社会がもっと寛容《かんよう》だった。

寄り添う者には、ある種の忍耐を強《し》いるかもしれないが、発達障害は個性であって病気なんかじゃない……、と彼女は思っている。

人の性格は十人十色。発達障害と呼ばれる子供たちの性格もそれと同様、十人十色だ。

画一的《かくいってき》な仕訳をしたがる、ある種の健常者《けんじょうしゃ》と呼ばれる輩《やから》の傲慢《ごうまん》さが、発達障害という言葉の裏には、見え隠れしているような気がパトリシアにはしている。

ローリーは沈黙の世界の住人だったが聡明《そうめい》な子供だった。特に母親も驚いたように、抜群《ばつぐん》の記憶力を有していた。

大方の人々の記憶というものは、その日の、その時刻のぼんやりとした印象というものが残されるに過ぎない。

例《たと》えば、二年前であれば、スケジュール帳を見て、どこで、だれに会ったとか、その時どこに行ったとか……。それ以外の記憶はごく曖昧《あいまい》。

ローリーの場合、その時の印象を細《こま》かく記憶しているのは勿論《もちろん》のこと、それ以外にも、その日の食事の内容、また相手がどんな服装だったのか、スケジュール帳に記されていない、そんなことまでも正確に記憶している。

まるで一枚の写真のように、その時の光景が切り取られたかのように、鮮明に彼の脳裏《のうり》には写しとられている……。それがローリーの記憶の特徴《とくちょう》だった。

そんなローリーだったが、当初は普通の小学校に通っていた。人口の少ない地方の町だ。専門の養護学校《ようごがっこう》というものも近辺《きんぺん》にはなかった。

同じクラスにミックという障害《しょうがい》を持った子供がいた。小児マヒを発症した子供だった。体を動かす時には、どうしても、表情や体の動きにぎこちなさをともなう。

その様子を見ていた三、四人のいじめっ子が、下卑《げび》たうす笑いを浮かべ、さも楽しそうに、顔をしかめたり不自由に動かす腕や脚の真似《まね》をよくしていた。

ある日、そのミックのぎこちない動きを真似《まね》ながら、ミックをからかういじめっ子たちと、ミックの間にローリーが割って入った。

ローリーが耐《た》え難《がた》くなるほどに、その日はあくどい悪ふざけだった。いじめっ子たちはみな体が大きい。小さいローリーはいじめっ子たちに激しく突き飛ばされた。

十歳のローリーは、立ち上がりながらも、そのいじめっ子たちに対して、無言の怒りと憐憫《れんびん》の情（可哀《かわい》そうだと思う心）をこめてにらみつけた。

怒りは、人の不自由さを笑いものにする下劣《げれつ》さに対して、そして憐憫《れんびん》は、子供の時から人を足蹴《あしげ》にしてしか生きられない、その卑《いや》しい心根に対して湧き上がってきたもの。

そのローリーの毅然《きぜん》とした目の色を理解したのか、それ以上にいじめっ子たちがローリーに手を出してくることはなかった。

悪知恵《わるぢえ》のはたらくいじめっ子は、抵抗しない、またできない弱い者を、いじめの対象にしてくる。

ローリーはひ弱そうに見える子供だったが、不思議なことにこの時を除いては、いじめっ子がローリーに手を出してきたことは一度もなかった。

パトリシアは弁護士という環境に長くいた所為《せい》か、小学校のＰＴＡの要職《ようしょく》を任《まか》されている。教室内には子供たちの安全に配慮してカメラが設置されていた。

教室内の様子を時折《ときおり》モニターを通して確認するのも彼女の仕事の一つになっている。

ある日のこと、そのモニターを通してパトリシアは、決してあってはいけない光景を目にした。

それはミックに対する教師の暴言。障害《しょうがい》を持つミックは言葉も明瞭《めいりょう》には発音できない。そのミックに対して、

「はっきりと返事をしろ……、お前の言うことはよく聞き取れない……」

と教師が責めていたのだ。

彼女の思考は一瞬凍《こお》りつき、その光景を理解できないほどの衝撃《しょうげき》を、その言葉から受けていた。

白紙の無垢《むく》な子供たちの心に絵を描くべき教師が、障害《しょうがい》を持つ子供をいじめているのだ。

彼女の思考がそのために、一瞬凍結《とうけつ》したのも無理からぬこと。

パトリシアの受けた衝撃は大きかった。当然校長にはこの光景を説明し、この教師には後日重い処分が科《か》せられた。

多くの教師が子供たちのために、自分の私生活を犠牲にしてまでも、日夜身も心もすり減らして頑張っていることをパトリシアは承知している。本当に頭の下がる思い。

だがそういう多くの良心的な教師の努力をすべて無にさせるような、こんな心無い教師も残念ながら存在する。

悲しいことに、存在してはいけないそういう教師の根絶《こんぜつ》が難しいこともまた、世情に通じ、弁護士という職業に長い間携《たずさ》わってきた彼女は理解している。

後日、彼女はローリーに提案した、

「どう、ローリー……、ママと二人だけで町から離れて暮らしましょうか……?」

ローリーがこうした心無い教師の犠牲になることも考えられる。そのことがパトリシアには耐えられなかった。

自分は教員の資格も持っているし、通信教育でローリーの学業には問題ない……、などと考えた挙句《あげく》の彼女の提案だった。

ローリーも、怒りと憐憫《れんびん》の情との隣り合わせの学校生活には疲れていた。母親の提案に反対する理由は、どこを探してもなかった。

パトリシアに話すことはなかったが、実を言えば、この学校生活に疲れていた理由が、聴力を呼びもどすための治療を拒否する、ローリーの最大の理由になっていた。

(もし耳が聞こえるようになったら、いじめっ子たちのひどい言葉を、たくさん聞かなければならなくなる。だったら耳が聞こえない方が、まだずっと、ずっとましじゃないか…

（……）

ローリーはこんな思いを小さな胸に抱《いだ》いていた。

第二章　命の輪

一月《ひとつき》前にクーを新しい同居人として迎えた、パトリシアとローリー母子の生活には、新しい息吹《いぶき》がクーによって吹き込まれている。

それまでには見られなかった、クリスマスの夜のろうそくの灯《ひ》のような、慈《いつく》しみに満ちた明るさが家の中には生まれていた。

パトリシアにはそれまで以上の笑みが生じ、ローリーの顔にも、パトリシアがあれほど待ち望んでいた笑みが時折《ときおり》見られるようになった。

そしてローリーに生じたもっとも大きな変化は、クーと一緒になって、森の中を良く歩き回ることになったこと。

それも花々を手に取ったり、木の枝に手を伸ばし枝の弾力を楽しんだりもしている。

生まれて二ケ月近くも経つ、好奇心の強いクズリの子供が、家の中でおとなしく、じっとしていられるはずがなかった。

当初はクーに引きずられて森の中へ出かけていたローリーだったが、最近では自《みずか》らクーを散歩に連れ出すようになっている。

パトリシアには、クーを通してローリーが森の精気を深く吸い込み、自然を愛していくさまが目に見えて分かるようになっている。

以前は自然について、手話で語ってもほとんど興味を示すことはなかった。

自然、という存在をローリーの頭が理解できなかったからだ。その時は自然の持つ美しい色にさえ、まったく興味を示すことはなかった。

自然の美しさ、やさしさがクーの生き方を通して、ローリーの中で感じられるようになってきたのかもしれない。

クーの眼をじっと見ていると、ローリーの心には落ち着きが生まれるような心地《ここち》がしてくる。クーとの間には深い信頼が生じてきている。

クーからは、声を出さないローリーの異常に気付いている様子が感じとれる。

そのために、パトリシアに対してよりも、ローリーに対して、より気を使っている…

…、パトリシアには、なんとはなしにそんな気がしている。

パトリシアはそういう感覚に対して、

（なにをバカな、クズリが人間のようにそんな気を使うはずがない、考えすぎ……）

などと、思うのだが、でもクーの表情や体の動きを通してみると、特別な感情をローリーに持っている……　…、と思わざるを得ない、またそんな状況も目撃している。

わずか二ケ月ほどのクズリの子供が寝るときは、必ずローリーの足もとで寝るのだ、まるでローリーを守るのは、ぼくの仕事だ、といわんばかりに……。

そういうクーの存在はパトリシアにとっても、ありがたい存在になっている。

クーが一緒にいることによって、ローリーとの距離が近くなったような気がする。

そのことを通して、ローリーの内面にも、パトリシアは一部だが触《ふ》れることができるようになっている。

ローリーの将来を考えるためには、なにをローリーが考えているのかを知る必要があった。パトリシアのために、クーは大きな役割を果たしてくれていた。

ローリーがクーを呼ぶ時は手を叩く。どこにいてもクーは走ってローリーの元に駆けつけてくる。パトリシアも手を叩いてクーを呼ぶ。

二人の間には、手の叩き方に微妙《びみょう》な違いがあるのだろう、クーは難なくその違いを理解して、間違いなく手を叩いた方の元に駆けつけてくる。

パトリシアにとってもクーは、今や決して欠けてはいけない家族の一員になっている。

四月の声を聞くと、山は冬の眠りから目覚め一斉《いっせい》に花々が咲きほこる。

この季節は、山の奥に入れば冬眠から目覚めた空腹のグリズリー（灰色熊）が怖いが、里山のこの辺りでは、そういう恐れはまったくない。

そういう晴れた日だった。クーを連れて三人でピクニックに出かけた。以前は嫌がった

ローリーも最近は自分からも、

「クーを連れてたまには行こうよ……」

などと手話で語りかけ、パトリシアを喜ばせてくれる。

緑の絨毯《じゅうたん》の上に敷物を敷き、各種のサンドイッチや果物などを並べて寛《くつろ》ぐ。クーも同じものをローリーに貰って食べている。

四月のまだ弱い太陽が、それでもやさしく三人を暖めている。

パトリシアは農場という自然の豊かな環境で少女時代を過ごしていた。そして今自然そのものを隣人として生きている。

その生活を通して、人は人として知っておかなければいけないことがある……、と彼女は思っている。

それは生き物たちが、互いに支え合って生きていく「命の輪」という考え方。

すべての生き物たちは生きていくためにお互いを必要としている。この「命の輪」を理解すれば、自分以外のすべての生き物に対して。感謝と慈《いつく》しみの目を向けられる。

それこそが、他の生き物たちと共生している人としての原点、彼女はそう思っている。

以前は話しても、興味を示すことのなかったローリーが、今はパトリシアの話に深い興味を示すようになった。ローリーの目の光がそう彼女に語りかけている。

やさしい陽《ひ》の光が降り注ぐ中、パトリシアはローリーにやさしい目を向けると、静かに話し始めた。

お腹《なか》いっぱいのクーは気持ちよさそうに、四月の陽《ひ》の光を浴びて昼寝を楽しんでいる。

パトリシアの話を要約すると……、

地球の歴史は「命の輪」を基本にして営まれている。

かつて毛皮目的、また害獣と指定されたことにより、狼が賞金目当てのために猟師たちに大量に狩られ、生息数が激減《げきげん》したことがある。

その結果、狼を天敵としていた鹿が森で大量に繁殖し、そのために鹿の食べ物が不足し、樹木の皮なども食べ尽くされ多くの樹木が枯死《こし》した。

また増えすぎた鹿は森林の幼木や下草までを食べるようになり、森の環境を荒らす大きな原因になった。

この状況では森の小鳥や昆虫までもが生息できない状態になり、それらの命に依存している他の小さな生き物たちの生存をも脅《おびや》かす原因になった。

生き物の世界は、人の目に触《ふ》れることはないが、多くの命のきわめて微妙《びみょう》なバランスの上に成り立っている。

この「命の輪」の、どの一部が欠けても、狼の例のようにそれは他の生き物たちに甚大《じんだい》な影響を及ぼすことになる。

「命の輪」が健全に営まれている野生では、弱く小さい生き物からより強い生き物へと命が受け渡され、そして最強の捕食者にいたるまでその命は繋《つな》がれていく。

最強の捕食者に命が行きつくことで、その「命の輪」が終わる訳ではない。

その最強の捕食者も、自然との約束で寿命《じゅみょう》が尽き、かならず倒れる日がくる。

倒れた捕食者の骸《むくろ》は他の生き物たちを飢えから救う役目を果たす。またその骸《むくろ》が骨と皮だけになっても、弱い生き物たちに食べられる小さな虫たちにとっては、命をつなぐ大切な食べ物。

最後に食べ物としての価値がなくなっても、大気中や地中に存在する無数の微生物《びせいぶつ》に分解されて、小鳥や虫たちを養う草木の養分になる。

「命の輪」の世界では、どれだけ小さな命でも無駄になる命はなに一つない。

ローリーはパトリシアの話にうなずきながら、クーのことを考えていた。

「命の輪」の中でクーはどの位置にいるのか……？　それが気になり、思わずそのことを聞いていた。

パトリシアはローリーの、その問いに対して答えた、

「クズリはね、自分を狙《ねら》う敵がいないから最強の捕食者、という位置にいるの。でもクーは、今はまだ子供だから弱い生き物の中に入るのかしらね……、ローリーが守ってやらなくちゃねぇ……」

母親の手話を通しての言葉にローリーは大きくうなずいていた。

まだあどけない顔をしてぐっすりと寝込んでいるクーを見ると、パトリシアの話がひしひしとローリーの胸に響《ひび》いてくる。

そのクーの寝顔を見ながら、

（小さいクーになにかがあれば、ぼくが守り抜く……）

心の中でローリーは、そう自分に誓《ちか》っていた。


ピクニックから一週間ほどが経ったある日のこと。

小さなクーにリードを付けて、ローリーは家から三十分ほど離れた、ロッキー山脈のすそ野に広がる草原にいた。

少し離れたところには、山奥につづく針葉樹《しんようじゅ》の林が迫っている。

この辺りでは、林の中には小さな池があったりして、ピクニックがてらに町から来る人も時々見かける。遠出をしてきても退屈しない場所だった。

その林の中から一頭の大型犬に引っ張られてきた子供の姿が現れた。それはたまたま飼い犬のジェイと遠出をしてきていたトビーだった。

トビーは学校で障害を持つミックをからかっていたいじめっ子たちのリーダー、そしてローリーをあの時突き飛ばした、いじめっ子本人でもあった。

ローリーはトビーに背を見せて、クーの眼を見ながら心の中でなにかを語りかけていた。

この二人の関係ではよくある光景。

トビーはローリーの姿を見つけるとジェイのリードを引っ張りながら、彼の背後へと忍び寄っていた。

最初に気づいたのはクー。怯《おび》えた様子のクーを見てローリーも思わず背後を振り返った。

トビーはにやつきながらローリーに近づいてくる。大型犬のジェイはクーを見て口吻《こうふん》をめくりあげて白い牙を見せている。

ローリーとの間に会話は存在しない、それを知っているトビーは終始《しゅうし》無言に徹《てっ》している。

いきなり現れたトビーとジェイを、唖然《あぜん》として見ているローリーを前にして、クーの体全体は細かく震《ふる》えていた。

まだ身を守る術《すべ》を知らない小さなクーが、白い牙を見せて威嚇《いかく》している、大きなジェイを見て恐怖のために震《ふる》えるのは当然のこと。

トビーのにやつき笑いが一段と大きくなった時、突然ローリーの体が動いた、かと思うとクーの体にローリーは覆《おお》いかぶさっていった。

彼はクーの体を、ジェイの牙から守るように、自分の体の下にしっかりと覆《おお》い隠していた。

この時ローリーの頭に浮き上がってきたのは、

「クーはまだ子供、弱い生き物だからローリーが守ってやらなくちゃねぇ……」

と言う、母親からの一言。

そのクーに覆《おお》いかぶさった行動は、自分はどうなっても、

(小さいクーになにかがあれば、ぼくが守りぬく……)

という誓いを守るため。

ローリーにとっては、無我夢中《むがむちゅう》の必死の行動だった。覆《おお》いかぶさられたクーの体に、やがて熱《あつ》いものが滴《したた》り落ちてきた。

ローリーはただ悔しかった。

仮《かり》に勇気を出してトビーに向かっていっても、小さな体の自分が負けるのは分かり切ったこと。もっとも大事なこと、それはクーを守りきること。

でも、こんなに小さいクーを、こうした手段でしか守ってやれない自分が悔《くや》しかった。なぜか訳もなく涙がこぼれ落ちてきた。

そういう気持ちがクーに伝わったのかどうかは分からない、でもクーはローリーの体の下から、もぞもぞと這《は》い出そうとしていた。

小さなクーの中にも眠っている「小さな悪魔」の本能が、ローリーの熱い涙で目覚めたのかもしれない。だがローリーの力の方が、まだ何倍も強かった。

幸《さいわ》いにもクーのもがきは徒労《とろう》に終わった。

ローリーは正しい判断をしていた。もしクーがローリーの体の中から抜け出していたら、無事では済まなかったかもしれない。

体の下でもがいているクーを、夢中《むちゅう》で押さえつけていたローリーは、しばらくして、まだなにも起こらないことを不思議に思った。

（あの犬が噛《か》みついてくる……）

と、そればかりを思いこんで、体を固くしてクーを守っていたローリーに、やがて不審《ふしん》に思う気持ちが芽生《めば》えてきた。

（あの犬はいつ攻撃してくるんだ……？）

そう思いながらローリーは、恐《おそ》るおそる顔を上げた。

そこにはなんと、広い草原を駆けぬけていくやさしい緑の風があるだけ……。

トビーの姿もジェイの姿も、いつの間にか音もなく掻《か》き消えていた。クーを守るのに必死だったローリーに、その理由が分かるはずもなかった。

他方《たほう》、トビーも自分では思いもかけなかった異変に襲《おそ》われていた。

ジェイをけしかけていたトビーの目に突然飛び込んできた光景は、自分の身を投げ出して、小さな生き物に覆《おお》いかぶさってきたローリーの姿。

ジェイをけしかければ、ローリーはこの変な生き物の子供と一緒に、一目散《いちもくさん》に逃げていくだろう……、その姿をトビーは想像し、見たいと思っていた。

教室内でのローリーには、小さい子供であるにも関わらず、いじめ難《がた》いなにかを感じていたからだ。

それは、子供には似合わない、あの毅然《きぜん》とした目の光だったのかもしれない。

だがジェイをけしかけてみると、予想していた逃げる姿とは真逆《まぎゃく》の、自分の命を投げ出してまで、幼い命を守ろうとする、ローリーの姿をトビーは見せられていた。

（なんだ、このローリーの姿は……！）

といった驚《おどろ》きの目で、トビーはしばらくローリーをながめていた。

自分の命を投げ出してまで、幼い命を守ろうとしている子供が目の前にいる。これほど勇気ある子供の姿を、トビーは今までに一度も見たことがなかった。

恐怖のために小刻《こきざ》みに震えている、その覆《おお》いかぶさったローリーの小さな背中を見ているうちに、やがてトビーの目からは、一《ひと》すじ、二《ふた》すじ、と涙がこぼれ落ちてきた。

本当の勇気とはどういうものなのか……、ブルブルと小刻《こきざ》みに震《ふる》えているローリーの背中が、そのことを今トビーに雄弁《ゆうべん》に語りかけている。

いじめっ子は、その大方はゆがんだ性格のまま成人するという。そして大人になってもその性格に折り合いをつけられずに、色々な問題をひき起こす輩《やから》もいる。

でもトビーの場合は、少数かもしれないが、そのケースには当てはまらなかったようだ。ローリーのとった行動は、トビーにとってはまったくの想定外。想定とは真逆《まぎゃく》の、涙がこぼれる落ちるほどの感動をトビーは与えられていた。

自分を犠牲にして他のものを助けるという真の勇気、その「利他の心」というものを、トビーは生まれて初めてローリーに見せられていた。

トビーの心のどこかにも、そういうものを尊《とうと》ぶ気持ちがあったのだろう……、トビーはローリーに対して自分がとった、その卑劣《ひれつ》な行動に心からの恥ずかしさを感じていた。

それが後悔《こうかい》の涙となって、今あふれ出してきている。

（ローリー、ごめんよ……、本当にごめんよ……）

と心の中で何度も謝《あやま》りながら、トビーはこぼれ落ちた涙を左こぶしで拭《ぬぐ》うと、ジェイとともに静かに姿を消していた。

そんなことに気づくはずもない、顔を上げたローリーの目に入ってきたのは、誰もいなくなった草原を吹き抜けていく緑の風……。

人気《ひとけ》のない草原を見て、恐怖から解放された安堵《あんど》の思いが、やっとローリーにもどってきた。ゆっくりと立ち上がると、自分を見つめているクーを抱き上げ初めて笑いかけた。

クーは鳴きもせず、ただじっとローリーの目を見つめたまま。

やがてローリーがクーを地面に下ろし、帰ろうとして歩きかけた時だ。

突然肩をやさしく叩かれた。

振り向くとスーツ姿の男の人が立っていた。

「だいじょうぶ、ケガはない……？」

と手話で聞いてきた。ローリーも思わず、

「だいじょうぶです、ありがとう……」

と返していた。男の人はなぜかは分からないが手話を操《あやつ》れた。

親切にもローリーの服についた、草や土を丁寧《ていねい》に払ってくれた。ローリーは彼のするがままに任《まか》せていた。

その行為は、ごく自然で、ローリーに全く不安を感じさせなかったからだ。

やがてローリーの全身についた、草や土を払い落とした男の人は、

「それじゃぁ、気をつけてね……」

とローリーの顔をまっすぐに見つめて伝えた。ローリーも、

「ありがとう、さようなら……」

そう手話で答えると頭を下げ、元来た道をたどって家路《いえじ》についた。

ローリーは草原から山道に入る前に後ろを振り返った。山道に入るともう草原が見えなくなる。

男の人はまだあの場所に立ってローリーを見送っていた。

その小さくなった姿にローリーは大きく手を振った。小さくなった男の人もまた手を振り返してきた。

小さくなった男の姿はマットだった。十年前にパトリシアに離別された父親のマット。

草や土を払い落としている間に、何度も、

（ぼくはきみのパパなんだ……）

と言いそうになった。が、マットは湧き上がってきそうになる涙とともに、その思いを必死にこらえた。

その資格が自分にはない、また元妻のパトリシアが必死になって築き上げてきた、大事なものも壊《こわ》したくはない、という思いがあったからだ。

パトリシアは自分一人がローリーを守れる、また守らなければいけない……、その過激なまでに強い思いを、心の支えとして生きている。

それほどまでの激しい思いを持たなければ、彼女は生きていけないのかもしれない。

その生活は一年や二年で終わる訳ではないのだ。ローリーが生きている限り一生つづいていく。生半可《なまはんか》な気持ちではローリーを育ててはいけない。

その彼女の限界点に達するほどの思いに、自分の行動で波風を立てて混乱させてはいけない……、それがマットが自分にきびしく課していることだった。

この数年、時間が取れればマットはローリーのことを遠くから見ている。パトリシアにもローリーにも気づかれてはいけない……、と思いながら。

数年前からマットは、ローリーのことについて深い後悔に苛《さいな》まれるようになっていた。弁護士事務所も、トロントを離れパトリシアとローリーの住む場所に近い、エドモントンへと変えた。

弁護士という職業から離れているパトリシアが、それに気づくことはなかった。遠くからでもいい、マットは二人を見守りたい……、その一心で彼はエドモントンへと勤務場所も変えていた。

マットはパトリシアの父親、マシューからローリーの養子の話があった時、安易にその言葉に同意したことを今では心の底から悔いている。

義父のマシューからその話があった時、マットの身辺《しんぺん》は超多忙《ちょうたぼう》をきわめていた。案件三つを抱え、裁判所の審理日程も過密になっていた。弁護士という職業は、人の人生を左右するほどに多大な影響を与える職業。

特にあの時期は、ホテルに泊まりこんで裁判の用意をするほどに時間に追われ、極度《きょくど》の緊張《きんちょう》を強《し》いられる日々がつづいていた。

間の悪いことに、その最中《さなか》に養子の話が義父からもたらされた。

初めての子が障害を持って産まれてきた……、そのことにも、少なからぬ衝撃《しょうげき》を受けていたことも事実だ。

当時のそういう状況の中で、

「障害のある子供を多忙な弁護士の家庭で育てるには無理がある。そういう子供に適した家庭で育てる方が、子供の幸せにもつながる……」

義父にそう言われれば、あの時はそのようにも思えた。また受けた衝撃《しょうげき》を和《やわ》らげるために、そう思おうとしたのかもしれない。

その結果、

「パトリシアが同意すれば自分には異存《いぞん》はない……」

との返事を義父にしてしまった。

妻のパトリシアはまだ入院中、マットは近くのホテルに泊まりこんで裁判の用意をしていた、という二人の状況が事態をさらに悪くしていた。

こんな大事な問題を、いかに大事な仕事があろうと、夫婦間で話もせずにマシューに返事したことは、軽率《けいそつ》のそしりを免《まぬが》れ得《え》ない。

その軽率《けいそつ》な行為が夫婦の間に決定的な亀裂《きれつ》を生じさせたことを、マットはその一週間後に知らされることになる。

それから一週間後、まだホテルに宿泊していたマットの前に、退院直後の青白い顔をしたパトリシアが突然現れた。

そして目には怒りの炎をためて、こう言い放った、

「私からローリーを取り上げようとしても無理、ローリーは私が守ります。人の皮をかぶ

ったあなたたちの世話になる気は一切《いっさい》ありませんので、どうぞご心配なく……」

まさか義父の言葉を受け入れたことが、このような事態に発展するなどとは、マットにとってはあり得ないこと。

が、文字通り「後悔先に立たず」の諺《ことわざ》どおりの状況になっていた。

出産後の気の高ぶりなどにも原因があると考え、マットは時を置いてパトリシアの再考を何度も促《うなが》した。

マットはパトリシアを深く愛している。彼女の誤解を解こうと、何度も話したが彼女の気持ちが変わることはなかった。

当初、彼女は誤解している、とマットは思いこんでいた。が軽率《けいそつ》にも、

「彼女が同意すれば、自分に異存はない……」

と言ったことは確かなこと。

この言葉は夫としての責任放棄《ほうき》。子供を守ろうとしない、パトリシアへの裏切り行為に他《ほか》ならない。

この言葉に、パトリシアが深く悲しみ、激しく憤《いきどお》ったことは当然のことだった。

彼女の言動を通して、深く傷ついたパトリシアの思いを理解したマットは、彼女の離別の要求に不本意ながらも同意した。

パトリシアをまだ愛していたマットは、彼女が歩もうとしている新しい道を、もうこれ以上阻《はば》んではいけない……、と思ったからだ。

その結果、マットは傷つき打ちのめされた。

どんなに深い心の傷でも、折り合いという特効薬と、時の流れというやさしい手当《てあて》が、その傷を癒《いや》してくれる。

それからの数年は、もちろん忘れることはなかったが、以前ほど頻繁《ひんぱん》に二人のことを思い出すこともなくなった。

それがある日を境《さかい》に一変することになる。

その日、マットは法律事務所のパートナーでもある、ジェフリーと近くのホテルのラウンジ（社交室）で祝杯を挙げていた。今日も一件勝訴《しょうそ》したからだ。

今夜のジェフリーは上機嫌《じょうきげん》で、一段と饒舌《じょうぜつ》になっている。やがて彼は雑談の中で、友達の飼い犬が子供を産んだ話をはじめた。

「産んだ子犬のうちの一匹が後足に障害を抱《かか》えていてね、よく歩けないらしい。その子犬に母犬は特別な愛情をかけてとても大事にしているそうだ……」

ウィスキーのグラスを手にしたまま、マットも機嫌《きげん》よく話を合わせていた、

「犬っていう奴は、まったく人間に似ているよなぁー……」

いつものように、何気《なにげ》なく軽口を叩《たた》きながら、話を合わせていたマットだったが、その言葉が自分の口から出た瞬間に、いつもでないなにかが自分の心の中で動いた。

やがてそれまで漂《ただよ》っていたマットの笑みが消えた。そしてその顔が徐々に青ざめ、凍《こお》りついていくように、ジェフリーには映《うつ》った。

その凍《こお》りついたままの表情で、

「ジェフ、悪いが今日は失礼させてもらうよ……」

そう言うと、マットは席を立ち出口へと向かった。こういうマットをジェフリーは今までに一度として見たことがなかった。

ジェフリーはマットの、まるで表と裏がクルリ、と変わるような態度の急変に、ただ不思議そうな表情でマットを見送るしかなかった。

この時、マットの頭の中に浮かんできた母犬の顔はパトリシア、そして足に障害を持つ子犬はローリーの顔。

それが自分の心の中で動いたものの正体だった。

「狼は障害を持つ子供が産まれても決して見捨てることはない、と聞いています。あなたたちは、狼以下です……」

これはあの時、パトリシアから自分に向けて放たれた怒りの言葉の一つ。

この怒りの言葉が、ジェフリーの母犬の話を聞いた後に、マットの脳裏《のうり》に唐突《とうとつ》に浮かび上がってきたのだ。

この言葉が端緒《たんしょ》になり、当時のさまざまな記憶がよみがえってきた。

当時の記憶は風化したのではなく、無意識に封印していたものだった……！、そのことを、この時マットはあらためて思い知らされていた。

記憶にのこすには辛すぎる。だからそれから逃げるために、パトリシアとローリーのことを無意識に封印していた。

封印したはずの記憶が、子犬に特別な愛情をかける母犬の話から引きずり出された。

記憶から逃げつづけるのは無理……、マットははっきりとそう思い知らされていた。それから、長い間考えに落ちていたマットが出した結論は、

（一生をかけて二人に償《つぐな》おう……、それが当然。それほどにひどいことをしてしまったのだから……）

で、あった。

マットはこの時ようやく、パトリシアの怒りの深さを理解できたような気がした。

一歩踏み込んで考えると、それは怒りのふかさ、というよりも、悲しみの深さ、という表現の方が正しい、そんな気がマットにはしていた、

（信頼していた夫に裏切られた……）

という思いの中にパトリシアを沈《しず》めたのだから。

それ以来、時間ができるとローリーを遠くで見守るようになった。パトリシアの真意を理解したマットには、もう彼女に許してもらうつもりはなかった。

ローリーを遠くから見守ることは、一人で生きている今のざらついた気持ちが、癒《いや》されるような心地にしてくれる。育っていくローリーを見ることは、今のマットにとっては、なによりも心が満たされる思いになっている。

「覆水盆《ふくすいぼん》に返らず」の例《たと》えのように、今となっては、なにをしようとすべてが遅すぎる。でも、いつかはローリーと話し合える機会がくる、そう願って今は手話も習っている。

裁判所での今日の審理は相手側の事情で急遽《きゅうきょ》延期になった。だから今日は着替えもできずに、そのままのスーツ姿でローリーの見守りにきていた。

いつものように遠くから見ていた。

ローリーはクズリの子供を連れて草原に出かけた。マットもその後ろを見え隠れについて行った。

草原に出てからは、針葉樹の太い幹の後ろに姿を隠し、ローリーの様子の一部始終にやさしい視線を送っていた。

そのうち、大きな犬を連れた子どもがローリーにからみ始めた。マットはそれでも静かにローリーに視線を送っていた。

マットが驚いたことには、大きな犬を連れてきた子供がローリーとクズリの子に、突然犬をけしかけはじめた。が、ローリーは犬をけしかけられたにも関わらず、逃げもせずクズリの子供を、自分の体でかばって守り通している。

長い間犬を飼っていたマットには分かっている、あの大型犬がローリーとクズリの子供を襲《おそ》わない、ということは。

人に育てられた犬は、狂犬病などの病気にかかっている以外に人を襲《おそ》うことなど滅多《めった》にない。人を襲《おそ》う犬は人を襲《おそ》うように訓練されている大型犬だけ。

その場合、大型犬の強い力を制御《せいぎょ》できない子供が、大人の同伴なしに散歩に連れ出すことはまず不可能。

犬を飼っていたマットはそのことを知っている。が、そのことを知らないローリーは、本当に命をかけてクズリの子供を守っている。

真に勇気のある子供へと育っていた。

ローリーは障害があるにもかかわらず「利他の心」を持てる人へと成長している。

パトリシアの母親としての思いは、そしてその考え方は正しかった…　…、マットはローリーのその姿を通して、あらためてそう思い知らされていた。

と、同時にマットは人の精神の中に存在する、言葉には言い尽くせない深いものを感じることがあった。それを今目にしているローリーの行動から感じている。

ローリーはまだ十歳。自分の命をかけて他の生き物の命を守ることなど、大人にもできる人は少ない。弁護士という仕事柄、そういう人の行動にマットは通じている。

この時、マットに唐突《とうとつ》に浮かんきた思いは、

（障害があったからこそ、ローリーは純粋に考えて行動できたのかもしれない……！）

という強い感覚だった。

精神の深さにおいては、大人も子供も同等だとマットは思っている。

大人には、他人との付き合い、金銭上の問題などなど、暮らしていく上での雑念が多すぎる。子供には雑念がないと考えがちだが、学校の成績、親や周りの子供たちとの関係などなどの、多くの雑念は、大人同様について回る。

マットが（障害があったからこそ……）と思ったのは、そこを考えたからだ。雑念の裏には打算《ださん》がある……、世事《せじ》に通じているマットはそう思っている。

音のない世界に住んでいるローリーは、日々をあるがままに受け入れて生きるだけ。他の人たちが持つ「雑念または打算」とは無縁《むえん》の世界。

今までの見守りの中でもそういう風に感じたことはあった。が、多くの大人にもできない、クズリの子供を守り通した、今日のローリーの純粋《じゅんすい》な姿を見て、

（本当に必要なことが、雑念のないローリーには見えているのかもしれない……）

マットの目には、ローリーの行為はそう映《うつ》っていた。

そんな子供にもっとも必要とされるもの、それは身近《みじか》にいて子供を教え導く人。パトリシアは内面に美を持つ素晴らしい女性だ。

（彼女がいればローリーは、素晴らしい人間に成長するだろう……）

マットはこのことに深く安堵《あんど》していた。

ローリーを木の陰から見守りつづけているマットには、そんなさまざまな思いが浮かんできている。

いつもの遠くからの見守りであれば、マットがローリーに声をかけることは決してしない。でも今日は……、命がけでクズリの子供を守り切った今日だけは声をかけたかった。

マットは、ローリーのために習っていた手話を初めて使った。

（だいじょうぶです、ありがとう……）

とローリーは返してくれた。

マットは溢《あふ》れ出そうになる涙を必死にこらえた。

姿が見えなくなる寸前で、ローリーがふり返り、大きく手を振ってくれた。

小さくなったローリーの姿に初めてマットも手を振った。もう涙を見せても気づかれない、そう思った時、必死でこらえていた大粒の涙があふれだしてきた。

その涙にかすむローリーの姿に、マットは見えなくなるまで手をふりつづけていた……。

第三章　知識への旅

風が冷たくなり、森の奥では木々の葉が色づきはじめた。

じきに膝上《ひざうえ》の高さにまで色変わりした落ち葉が積み上がり、森の景色を黄金色《こがねいろ》に染め上げる季節が駆け足でやってくる。

いつもの穏《おだ》やかな時が流れていく中で、クーも生まれてから八か月目を迎えていた。

まだ子供だが、食べ物を十分に与えられているのだ。体の大きさだけは、すでに成獣に近い体形に成長している。

クーはローリーも知らない、クーだけの秘密を持っていた。

半年前の屈辱《くつじょく》をクーは忘れていなかった。クーはあの時、自分の体に落ちてきた熱いものの感覚をまだはっきりと覚えている。

あの熱いものを感じた時、クーは覆《おお》いかぶさってきたローリーの体から抜け出ようと、必死でもがいた。あの時は大型犬に威嚇《いかく》されて震《ふる》えていた。

が、ローリーの涙を感じた時に、

(ローリーを守らなければ……)

という強い思いに、まだ生後二か月のクーだったが突き動かされたのだ。ローリーはクーを抑《おさ》え込んで抜け出すことを許さなかった。ローリーのためになにもできなかったクーは、それが悔《くや》しかった。

その代わりにクーは、あの大型犬の臭いだけは忘れまい……、と思いながらしっかりと記憶していた。

一月《ひとつき》前のこと、クーにあの時の屈辱《くつじょく》を晴らす好機がめぐってきた。またあの草原に遊びに行った。草原では大きくなったクーのリードを外《はず》してローリーは自由に遊ばせてくれる。

ローリーから離れてクーは少し遠出をしていた。

その時、木に登って遊んでいたクーの湿った鼻先に、あの時の大型犬の臭いの粒子がまとわりついてきたのだ。風下《かざしも》にいたクーはその方向へと用心深く歩いて行った。

その日、トビーも家族と一緒に、大型犬ジェイを連れてピクニックに来ていた。広大な草原が近くに広がっている。彼もジェイのリードを外し自由に遊ばせていた。

やがて池の水を飲んでいる、忘れもしないあのジェイの姿をクーはとらえた。

まだ大人のクズリの体型には、完全にはなり切っていないクーの体だったが、なぜかジェイに対する、なんの恐れも、また迷いもなかった。

ジェイに近づいていく姿には獲物《えもの》を狙う用心深さはなく、ただ闘《たたか》うための姿しかない。

クーは落ち葉を踏みしめて、ゆっくりとジェイに近づいていく。その気配《けはい》に気づいたジェイはすぐに振り向いた。

見たことのない生き物が危険な臭いを振りまいて、自分に向かって歩いてくる。

半年前に自分が威嚇《いかく》した小さな生き物の、半年経《た》った姿だということにジェイは気づいていない。それでも自分の方が一・三倍ほどは大きい。これほどの体格差があるのだ。ジェイに相手を恐れる理由はなかった。

クーは三メートルほどに両者の距離がつまった時、体を低くし口吻《こうふん》をめくりあげ白い牙を見せた。クーの本能が持つ、生まれて初めての闘《たたか》う姿勢。

ジェイも体を低くし、鼻筋《はなすじ》に細かいしわを寄せ、口吻《こうふん》をめくりあげて応戦する構《かま》えを見せている。

クーには、震《ふる》えていた半年前の屈辱《くつじょく》がまざまざと甦《よみがえ》ってきている、ローリーを守れなかったという……。

それにもかかわらず、クーは冷静だった。闘う激しい気迫《きはく》は見せていたが、ジェイの動きを油断なく見ている。ジェイは静かにクーの周りを回り始めた。

一瞬の隙《すき》をついて攻撃を仕掛けようとしている。

そのジェイの意図《いと》を読んだクーも、ジェイの体の動きに合わせて、体の中心をジェイの正面に置くように静かに動く。

その時だった、山鳩がとつぜん樹上《じゅじょう》から飛び立ち大きな羽音《はおと》をさせた。ジェイの注意が一瞬その方向に向いた。

その間隙《かんげき》をついてクーの鋭い爪を持った右腕が、目にもとまらぬ速さでジェイに伸びてくる。かわせると思い余裕《よゆう》をもって、背後《はいご》に大きくジャンプしたジェイだったが、一瞬早く肩口を、クズリの大きな頑丈《がんじょう》な爪が切り裂《さ》いていた。

ジェイは驚いていた。今のジャンプであれば、今までの闘いで傷つくことはなかった。同じ犬とであれば、何度か闘ったことはあるし負けたこともない。

が、目の前にいる生き物とは初めて闘う。闘う間合い（距離感）とスピードが、他の犬とではまったく違う。今までに経験したことのない闘い方をする相手だ。

この電光石火《でんこうせっか》の一撃で、ジェイは、

（自分には勝てない……）

と一瞬にして思い知らされていた。

戦意を失ったジェイは、もう後ろを振り返ることもなく、一目散《いちもくさん》で逃げ去った。

クーは「小さな悪魔」との異名《いみょう》をとるほどのクズリだ。それを知らないジェイだったが、その選択《せんたく》は正しかった。

ジェイも賢い犬だった。もし無謀にもさらなる闘いを挑《いど》んでいたら、間違いなく命を落とすところだった。

爪の鋭さ、頑丈《がんじょう》さ。牙の強さ、顎《あご》の強靭《きょうじん》さ。すべてにおいて、ジェイをはるかに上回っている。クーの完勝だった。

クーは自然の掟《おきて》に従い、負けを認めて逃げる相手を、追いかけることはしなかった。

半年前に受けたクーの屈辱感《くつじょくかん》は跡形《あとかた》もなく消え去っていた。屈辱感《くつじょくかん》がクーから奪《うば》い取っていたもの、それはローリーを守りぬく……、という心の強さ。

それを取りもどせた……、という感覚がまたクーには生まれ、それにクーは満足していた。今まで忘れたことのなかったジェイの臭いも、もう思い出すことはないだろう。

ローリーの元に、なにごともなかったかのように帰ってきたクーは得意げにローリーを見上げた。が、ローリーがそれに気づくことはなかった。ただ、

（なんだ、このクーの顔は……？）

いつもとは少し変わった様子のクーを見て、フっとそう思っただけ。

でもクーの気持ちは満たされていた、ローリーを守れる……、という確固《かっこ》たる自信が、クーにまたもどってきたからだ。

いっぽう、ジェイは深い傷を負ってトビーの家族の元へと帰りついた。その傷に驚いた家族はすぐにピクニックを切り上げ、ジェイを獣医の元に運び込んだ。

ジェイの身になにが起こったのか……？　トビーが知る由《よし》もなかった。

トビーは半年前のあの時、ローリーに真の勇気を見せられて激しい衝撃《しょうげき》を受けた。

それ以来、心を入れ替えたトビーは、いじめっ子のグループも解散した。今では学校で障害を持つミックの、一番の友達はトビーになっている。

正しい行為というものは、どこか誰も知らないところで、深く人の心に影響を与えているのかもしれない。


クーが来てからは充実した毎日を送っていたローリーだったが、近ごろは日の陰《かげ》った道を歩いているような、そんな日々を過ごしている。

それは体に徐々に出てきた異常のため。

急に熱が上がったかと思うと、体の節々《ふしぶし》が痛み出し、放っておけばそのうちにおさまる、といった具合だ。我慢できない状態でもないので母親にも話してはいない。

またローリーはパトリシアに相談する気もなかった。

以前からローリーは朝食の時、時々母親の目のふちが、赤くなっていることに気づいている。最初は気にもしなかったが、先日ふさぎ込んでいる母親の後ろ姿を見た時、はっと、胸をつかれる思いがした。

（ママは一人で泣いていたんだ……）

これがその時、ローリーが感じた思い。

母親は気づかないと思っているのだろうが、沈黙の世界に住んでいるローリーの神経は、人一倍研《と》ぎすまされている。

母親のわずかな変化も見逃《みのが》さない。

（自分の持って産まれた不幸を、まだ悲しんでいるんだ……）

それしかローリーには考えられなかった。

今の高熱や痛みは、しばらく我慢すればやがて消えていく。

その内に、数か月後か、数年後かは分からないが、我慢できない痛みに襲われる時は、かならずくる、

（その時に自分の命は終わるのだろう……）

ローリーは漠然《ばくぜん》とそう思っている。

高熱や、痛みが繰り返し、その頻度《ひんど》が上がってくる。それこそが不治《ふじ》の病《やまい》の兆候《ちょうこう》……、
ローリーはそんな風にこの兆候《ちょうこう》を感じていた。

持って産まれた、今の不幸を思ってさえ泣いている母親、それに加えて、不治の病に侵《おか》されていると知れば、母親の悲しみは……、想像を絶するものになるだろう。

今以上の悲しみに、母親を突き落としたくはなかった。また母親のそんな絶望的な悲しみを、ローリーもまた見たくはなかった。

高熱や痛みを感じ始めてから、まだ日数もあまり経ってはいない。だからまだそんなに激しいものじゃない。

自分が今のように我慢していれば、母親の絶望的な悲しみを見なくても済む。

数か月先か、数年先かは分からない、が、母親がこの異常に気づく日はきっとくる。その日は、自分がじきに死ぬ時。

自分を心から愛してくれる母親を、何度も、何度も悲しませたくはない。悲しませるのは、自分が死ぬ時の一度だけで沢山。

だから母親には、その日がくるまではなにも言わない。

これが十歳のローリーが考え出した精一杯の決断だった。

そういうローリーの、日の陰った心を知らないパトリシアは、変わらぬ日々を送っていた。クーのおかげで、見違えるほどにローリーの笑顔が多くなった。

そして以前と比べて、外で遊ぶ時間が長くなっている日々の中で、パトリシアは今までにはなかった幸せを感じている。

これほどに、ローリーに笑顔や豊かな表情が生まれるとは、想像もできなかった。すべてがクーからもたらされた、贈り物のような気がパトリシアにはしている。

外にいる時はいつもクーがローリーからは離れない。パトリシアは、いまはもう確信している、ローリーが障害を持っていることをクーが理解していると。

それはまるで盲導犬《もうどうけん》が、自分の守るべき対象を守っているかのような、思いやりにも似た行動にパトリシアには映《うつ》っていた。

ここでも彼女は教えられている、生き物のやさしさを……、そして「小さな悪魔」とも呼ばれるほどの獰猛《どうもう》なクズリがここまでのやさしさをローリーに見せている、この行動こそが生き物本来の行動なんだ、ということを……。

ライオンでもトラでも一緒に愛情をもって育てられれば、猫や犬と同様に飼い主に親愛《しんあい》の情を示してくる。危険に遭遇《そうぐう》すれば、命をかけて飼い主を守ろうとさえする。

そんなやさしい生き物たちに較《くら》べて、人間の行いは、あまりにも利己的に過ぎるのではないか、とパトリシアは常々思っている。

人間の引き起こした地球温暖化で、気候変動が加速し大小の災害が地球規模で頻発《ひんぱつ》している。犠牲者は常に弱い者たち。

社会に暮らす人間を表す言葉として、「目明《めあ》き千人、目暗《めくら》千人」という昔からの言葉がある。ものが見える人も、見えない人も同じ数だけいることの例え。

どんなに絶望的だと思われる社会でも、愚《おろ》かな人間だけがいるわけじゃない。その愚《おろ》かな人間と同数の善人もいる、との意味を含んでいる……、パトリシアは、この言葉をそう解釈していた。

現在は愚《おろ》かな人間の力が善人の力を凌駕《りょうが》しているのだろう。

環境破壊が際限《さいげん》のない深刻な状態に突入している。

それにもかかわらず、なおも自分の欲を満たすために人の未来、また弱者を顧《かえり》みない輩《やから》が大勢いる。

またその逆を願って、環境破壊をなんとか食い止めようとする人々も存在する。そのような人々を、パトリシアは「善の心を持った目明き」と自分の中では称していた。

環境破壊は温暖化現象を生みだしたが、現在では温暖化という温和《おんわ》な表現ではなく、より実態に即《そく》した高温化という表現が相応《ふさわ》しい、とパトリシアは思っている。

急激な気候変動に人間は直面し、この地球の高温化も加速されている。

二千二十一年の六月に北国カナダのリットンで記録した四十九・六度という高温。風呂の温度でも、人体には四十三度以上は危険とされている。それを六度も上回る熱湯と同等の温度。

因《ちな》みに北極圏の町シベリア、ベルホヤンスクでは二千二十年六月に三十八度という北極圏最高温度を記録している。

この高温化を背景に、二千二十一年の七月グリーンランドで生じた、一日で流出した八十二億トンもの氷河の量は、人々の想像をはるかに越えている。

これはアメリカのフロリダ州全土を五センチ浸水させるほどの巨大な水量。

またこの高温化のために、海面上昇が今までにも増して顕著《けんちょ》になり、海面上昇と巨大台風やハリケーンが世界各地で合併《がっぺい》、多くの洪水《こうずい》が発生し世界中で幼児を含む数多《あまた》の人命が、この洪水に呑み込まれている。

ニューヨークのマンハッタンをはじめ、多くの世界の都市では、巨額の資金が投入され、人命、財産を守るための海面上昇に備えた防潮堤の建設工事が進められている。

このことは、多くの人々の普段の生活に、高温化に伴う異常気象が入り込んできたことの物言わぬ証明。

今を生きている多くの人々の想像の範囲には、この異常気象に苦しめられる世界は存在していた。

人間の節操《せっそう》のない現状の行いを見れば、それは論理的に予測できることだからだ。が、それは自分たちが死んだ後の世界だったはず。

まさか自分たちの生きている時代に、異常気象によって引き起こされた大災害に自分たちまでもが蹂躙《じゅうりん》されるとは……、そんなことは、露《つゆ》ほどにも思ってもいなかった。

時間の間隔《かんかく》は、それほどに加速度的に早まっている。

パトリシアは頻発《ひんぱつ》する大規模森林火災の危機もまた、身近《みぢか》に迫っていると肌で感じている。この辺《あた》りでも最近では夏場は異常高温を記録している。

異常高温は森を乾燥化させ、このロッキー山脈の森にも、いつ火がついてもおかしくない状況を生みだしている。

二千十九年九月から二千二十二年の二月まで燃えつづけたオーストラリアの森林火災は、ポルトガル全土よりも大きな焼失面積になるという、空前《くうぜん》の大災害をもたらした。

有史以来、長い時を生き抜いてきた数多くの種も、この森林火災で絶滅した。

最近の大規模森林火災すべてが、地球の高温化と乾燥化がなければ生じてはいない。

それに加えて、人間が起こした環境破壊が他の生き物に与える影響は、彼らを絶滅に追い込むほどに激甚《げきじん》なものになっている。

十年前には三十万頭生息していたライオンが今は三万頭。トラは四千頭弱。急峻な崖を走り回るオリックス約八百頭、エチオピアン・ウルフ約五百頭、等々。

多くの生き物たちが沈黙の世界で、静かに絶滅《ぜつめつ》を待っている。

他の生き物たちが死に絶えた後《のち》、人間だけが生き残れるのか？ それは不可能、だとパトリシアは考えている。

これらの例だけでも、きわめて深刻な問題をはらんでいるが、これらはその一部に過ぎない。深刻な環境問題は、海洋にもあれば、大気中にもある。

環境破壊の弊害《へいがい》を列挙《れっきょ》すれば枚挙《まいきょ》に暇《いとま》がなくなる。

それは人間の目に見えないところで、人間を含む生き物すべての生活する土台が、天高くそびえるほどの大木が、まるで無数の木食《きく》い虫たちによって、音もなく蝕《むしば》まれている様《さま》に酷似《こくじ》している。

その大木は食い荒らされた結果、早晩《そうばん》空洞化して倒れていく。

パトリシアが環境破壊の原因を考えた時、必ず現れるのが環境破壊に積極的に加担する木食い虫たち。彼らは筋の通らない理屈《りくつ》をつけて環境破壊を正当化しようとしている。

必死で環境破壊という問題に立ち向かおうとしている人々も数多くいる。こういう多くの人々を、環境破壊の原因である木食《きく》い虫たちと同列にみなすことはできない。

だからパトリシアは人の見方を、「目明《めあ》きと目暗《めくら》」そして「善と悪」の二つに識別《しきべつ》し、環境破壊をくい止めるためには、「善の心を持った目明き」に子供たちを育て上げるしかない、と思っている。

ローリーを授《さず》かる前にパトリシアは、「善の心を持った目明き」に子供を育て上げようと思っていた。

が、その願いは、今は心の奥底に閉じ込めている。

ローリーは理不尽《りふじん》にも、声をそして音を奪われて生まれてきた。

であれば、せめて彼の世界では、何物にも束縛《そくばく》されることなく、一日、一日を心のままに生きて欲しい……、それが今の彼女の切なる願いになっているからだ。


ローリーには二つの閉ざされた扉があった。一つは、外に向かっての扉。またもう一つは内に向かっての扉だった。

外に向かっての扉は、クーが開《あ》けてくれた。そのおかげで、ローリーは自然の持つやさしさ、美しさを、また他の生き物たちの素晴《すば》らしさを知ることができた。

内に向かっての扉の入り口は。パソコンのキーボードだった。

クーと暮らすようになってからは、色々なものに対して好奇心が湧くようになっている。

「森の動物たち」、「山の四季」、「自然とは？」、「自然環境の悪化とは？」などなど、クーと森の中を歩いていて、また母親と話していて、気になることや疑問に思うことなどを、片端《かたはし》から検索することが、クーと出会ってからのローリーの習慣になっていた。

その結果、彼の内なる世界には、同年代の子供たちよりも、はるかに多くの知識がうずたかく積み上げられている。ローリーのことを、

(まだ子供……)

そう思わされているパトリシアには想像もできないこと。

ローリーは自分の病気を知られたくない……、その思いがあって、鋭い感覚を持つ母親とは、深い話をすることも、長話をすることも敢《あ》えて控えていた。

痛みは急に襲ってくることもある。それを知られれば、隠し通すことはもうできない。

世間一般でも子供が一旦《いったん》決心すれば、純粋な子供であるが故に、それを頑《かたく》なに守ろうとする姿勢を見せることがよくある。

ローリーの態度は、まさにその通りのもの。だから彼女が、ローリーの真の姿に気づけなかったことも仕方のないことだった。

そんな日々の中で、突然ある感覚が、ローリーの脳裏に浮かび上がってきた。

それは、自分の検索している事柄が、母親パトリシアがずっとローリーに伝えてきたことと重なり合っているんじゃないか……、という感覚。

母親はローリーが自然に興味を持てなかった時でも、また彼女に目を向けていない時でさえも、まるで手話の一人稽古《ひとりげいこ》のように、いつも自然の大切さをローリーに語って聞かせていた。

その時の、断片的な話の内容はまだ頭の中に入っている。それらの内容と、ローリーが検索している内容が、多くの部分で重なっていることにローリーは気づいたのだ。

敬愛する母親と、歩く方向が同じ……、という思い、それは、

（今のままでいいんだ、この方向でいいんだ……）

との思いにつながり、ローリーの生き方に、安らぎと、勇気を与えていた。

パソコンでのローリーの検索作業は、まるで「知への旅立ち」とでも表現されるべきものになっている。

ローリーには検索された言葉の一つ一つが、無駄なく自分の体の一部になり、血肉《けつにく》に溶け込んでいくような感覚がある。

ローリーに与えられた短い命が、この歳《とし》にして知識への旅に出るように、と背中を押してくれたのかもしれない、与えられた時を無駄にしないために。

ローリーの頭脳は幸いにして、知識を吸収する広大な空間と、深い理解力を備えていた。

すべての言葉が興味ある世界をのぞきこませ、パトリシアによって培《つちか》われた、ローリー

の広い心をさらに新しい知識で広げていた。

そしてそれは、ローリーの中で「道」という、今はまだ形を成していないが、その基《もと》になるものを作り始めていた。

ローリーにその「道」という意識《いしき》はない。彼はただ、心が求める方向に歩いて行くだけだった。

情報を得るためのパソコンの使用頻度《ひんど》は、この辺りからさらに上昇することになる。

ある日、夕食のテーブルにサケのムニエル（バターで焼いた料理）が供《きょう》された。その時に、パトリシアがつぶやくように手振《てぶ》りで、

「サケは一生の間には、多くの生き物たちを救い、最後には子供たちのために命を落とすの。でも、それが最後じゃないの。死んだ後も子供たちが生き残れるようにと、自分の体を犠牲《ぎせい》にしているの……」

と伝えてくれた話が、頭の中に残っていた。その話を知った時は、どんなことにも興味を持てない時期だった。だが、

「死んだ後も子供たちが生き残れるようにと、自分の体を犠牲《ぎせい》にしているの……」

という母親の言葉に、少なからぬ衝撃《しょうげき》を受けたのかもしれない、その話のほんの僅《わず》かなものが、ローリーの頭の片隅《かたすみ》に残されていた。

内なる扉《とびら》が開かれたローリーの世界に、この母親の言葉が鮮《あざ》やかに甦《よみがえ》ってきた。

（サケはどういう一生を送るんだろう……？　子供たちのために死んだ後も体を犠牲《ぎせい》にする、とはどういうことなんだろう……？）

この思いに突き動かされて、ローリーは深い興味を持ち、最近は毎日使用しているパソコン台に向かった。

ローリーが調べたサケの一生とは、おおむね次のようなもの……、

――川で生まれたサケの稚魚《ちぎょ》は川を下《くだ》りやがては外洋に出て旅をつづける。例《たと》えば日本の川で生まれたサケは、オホーツク海からベーリング海へと進み、そこからさらにアラスカ湾へと向かう旅をつづける。

大海原《おおうなばら》を旅しながら移動するサケの生態については十分には解明されていない。川に遡上《そじょう》してくるサケは四年目の個体が多いことから、サケは海洋で数年を暮らし、成熟したサケたちだけが生まれた場所をめざして、最後の旅に出るものと考えられている。

生まれた川を旅立ったサケが故郷の川にもどるまでの行程は、一万六千キロメートル程にも及ぶと考えられている。この距離は地球の円周の約半分。

サケも多くの命が関わる食物連鎖《しょくもつれんさ》の一部に組み入れられていることから、サケの旅が危

険に満ちた長く壮絶《そうぜつ》な旅であることは容易に想像できる。

どうしてサケは故郷の川をめざすのか……？

サケは卵を産むために生まれた川を遡上《そじょう》する。産卵し終わったサケは、その場所で命を終える。言い換えれば故郷に向かう旅は死出《しで》の旅路《たびじ》になるのだ。その行動は遺伝子《いでんし》の中に組み込まれ、サケという種が生きつづけるかぎり、その行動が変わることはない。

多くの敵に狙われ、体がボロボロに傷つきながらも、命をかけて故郷の川を遡上《そじょう》する理由はただ一つ、稚魚《ちぎょ》の命を守るため。

できるだけ多くの卵を孵化《ふか》させるために、サケにもたらされた本能、すなわち捕食者のより少ない川の上流で産卵するため、と考えられている。

大量のサケが遡上《そじょう》するカナダの川では、その途上《とじょう》で冬眠を前にした多くのグリズリー（灰色熊）が待ち受けている。狼などの肉食獣も、飢《う》えをしのぐためにサケの遡上《そじょう》を心待ちにしている。

特にグリズリー（灰色熊）にとっては、冬眠に入る前の大事な時期。十分なサケを捕獲《ほかく》できなければ、脂肪不足で冬眠に入れないグリズリー（灰色熊）も出てくる。

そうなると、冬の間中飢《う》えに苦しむことになり、最悪の場合餓死《がし》の可能性も見えてくる。

これらのさまざまな肉食獣の攻撃を避けられても、サケたちに次に待ち受けているのが、上流に近くなるほどに増えてくる岩だらけの急流。

必然的に体に無数の傷を負うことになる。力尽きて途上で死ぬサケも当然出てくる。

そのような命の危険と隣り合わせの試練を乗り越えることのできたサケだけが、傷だらけの体になりながらも、産卵場所へとたどり着く。

そしてサケたちは伴侶《はんりょ》を見つけると、最後の力を振り絞り、体全体を震《ふる》わせてメスは産《さん》卵床《らんしょう》を作り卵を産み落とす。そしてオスは産み落とされた卵に、残された力すべてを出し尽くし、精子をかけてその一生を終える。

悲しいことだが、サケは繁殖《はんしょく》行動が終わると死ぬように、遺伝子《いでんし》の中にプログラムされている。

川の上流部は水が湧き出したばかりだ。栄養分が少なく、子供たちの餌になるプランクトンも少ない。

サケの卵を食べる捕食者たちが、この場所で生きていけないのもそれが理由だ。

ところが、息絶えたサケたちの無数の死骸《しがい》はそこに住む微生物《びせいぶつ》たちの営みを促《うなが》す。

それによって分解された有機物が餌となり、プランクトンが発生し、それが生まれたばかりの子供たちの最初の餌となる。

それはまさに親たちが、自分たちの体を犠牲にして、捕食者たちから子供たちの命を守るために最期に残した贈り物。このために、繁殖行動を終えたサケたちは死ぬようにプログラムされているのかもしれない。

そして生を得た子供たちは、捕食者のいない安全な川を下《くだ》り海を目ざす。四年後にこの場所で親たちと同じように産卵するために、死出《しで》の旅路《たびじ》へと、また向かうために……。

調べ終えたローリーは、

（フーッ……）

と大きく息を吐きだした。

「私たちもサケの命を頂《いただ》いて生きているの……、だから食べ物は大事にしなくちゃいけないの……」

母親のあの時の言葉が、サケの生態を調べ終えたローリーの脳裏によみがえってきた。

このサケの一生はあらためて、自然にはきびしい生きるための営み、自分の命で他者を救うという、究極《きゅうきょく》の「利他の心」が存在することをローリーに教えていた。

この時フッと彼に浮かんできた思いは、以前パトリシアから聞いた、すべての生き物たちが関わる「命の輪」、という話。

他の生き物たちもみな、人の知らないところでサケと同様に必死で子供の命を守り、そして自分の命で他者を救っている「命の輪」の一部なんだ……、という考えにまで、独自にローリーは至《いた》っている。

そう理解したローリーに、水底からわき上がる泡のように浮かび上がってきた素朴《そぼく》な疑問、それは、

（一体だれがそうして生きることを、サケに命じているのだろう……？）

この素朴《そぼく》な疑問に対して、ローリーの心の中に触《ふ》れてくるものがあった。

それは、

（このサケの一生は、気の遠くなるほど長い間、毎年くり返されている本能に基づいた事象《じしょう》、であれば、サケ自《みずか》らが考えて行動している結果じゃない……）

という思い。

（であれば、一体だれが……？　もしかして、それは人間……？）

とも考えてみたが、人間がそこまでできるとはローリーにも思えない。ローリーは考えつづけた。そしてフッとパトリシアのある言葉を思い出していた。

ママはたしか、

（自然のすべては道理によって営まれているの……）

と言っていた。

これが「自然の道理」ということなのか、「命の輪」、「サケの一生」、というものは「自然の道理」という、見えない約束事に導かれた行動だったのか……。

ローリーはようやく「自然の道理」という、曖昧《あいまい》な姿の、その一部が、少しだけ見えたような気がした。

マットが考えたように、雑念のないローリーの精神は深い広がりを見せ、新しい知識を吸収する広大な空間は、疲れを知らない強靭《きょうじん》な空間に化していた。


以前パトリシアは「善の心を持つ目明き」に自分の子供を育てたい、という漠然《ばくぜん》とした思いを持っていた。だが、沈黙の世界に生まれたローリーに、その思いを託《たく》すのは酷《こく》だ、と考えその思いをあきらめた。

最近では、例えローリーが理解できなくても、その思いは彼には伝えておこう……、と考えをあらためている。

でもその思いは、記憶力はあれだけいいのだから、話をすれば、ひょっとすると、後になって理解ができるようになるかもしれない……、といった程度の軽い思いだった。

彼女は、母親が子供の能力を過小に評価することが最も良くない……、そう常々《つねづね》思っている。だから可能な限り、難しい話であってもローリーには伝えるようにしている。

それにしても不思議なことに、クーが来てからだ、ローリーが彼女の話に耳を傾《かたむ》けるようになったのは。彼女にはローリーの目の輝きでそれが分かる。

先日、人間も他の生き物も、元をたどればすべては同じ。そのことを、

「人間も他の生き物も、その起源《きげん》は一緒なの。そのことがお腹《なか》の中にいる胎児《たいじ》の成長で分かっているの。胎児《たいじ》の成長は生き物の進化の過程を表し、人間も他の生き物たちと、ある成長の過程まで、お腹《なか》の中で同じ進化をたどることが知られているの……」

というように伝えた時、ローリーの目の輝きがいつもと違って見えた。

（ひょっとするとローリーは、自分の言っていることをすべて理解しているのかもしれない……）

と希望をこめて思ってはみたが、彼からは、期待したような反応も質問もなかった。例によって軽い笑みを見せるだけ。

希望を込めただけ、少し気落ちはしたが、それでもパトリシアのローリーに対して、過小な評価は決してしない、という毅然《きぜん》とした態度が変わることはなかった。

後日《ごじつ》彼女は、このローリーに対する毅然《きぜん》とした態度が、そして彼に関して得られた感覚のすべてが、正しかったということを知らされることになる。

隠しつづけている高熱と関節の痛みは、時折りローリーの寝室を訪《おとず》れるものの、まだそ

んなに激しいものになってはいない。

第四章　キャンド・ハンティング

光《ひかり》と陰《かげ》は矢のように飛び去って行く。

月日の経つのは早いもの、クーが同居してからもう二年余《あま》り、そしてローリーも十二歳の誕生日を先月祝っていた。

母子二人の生活の営みは穏《おだ》やかにつづいていた。クーも大人のクズリに成長している。が、二人に対する献身的《けんしんてき》な態度が変わることはなかった。

爪は固く長くのび、牙も二人に対しては滅多に見せることはなかったが、なにかの折に見せる牙は白く光るような、鋭く丈夫なものを備えている。

成獣《せいじゅう》になった外見は「小さな悪魔」と呼ばれるほどの獰猛《どうもう》さを見せている。ただ眼の色だけは以前と変わらず、澄《す》んで深いやさしさを湛《たた》えている。

二人から与えられる豊かな愛情と、十分な食べ物にも恵まれて成長しているのだ、クーに獲物《えもの》を狩るための、クズリ本来の獰猛《どうもう》さが生まれる理由はなかった。

パトリシアを含めた三人で森の奥を散歩することがよくある。以前は引きずられて歩いていたクーが最近では二人を引っ張るようにして森の奥へ入っていくようになった。

パトリシアには、クーのその行動を通してなにかしら心に触《ふ》れてくるものがあった。それは成獣《せいじゅう》になったクーが山の奥に、野生《やせい》に帰りたがっているのではないか……、という思い。

もしそうであれば、クーを縛《しば》るものはなにもない。帰りたい時に帰ればいい……、彼女はそう覚悟《かくご》している。

自然というものを理解しているローリーも、一時的には悲しむかもしれないが、それがクーの幸せにつながるのなら理解はしてくれる、それが分かるほどにローリーも成長している。

だが成獣《せいじゅう》になってもクーが山へ帰る気配《けはい》はまったくなかった。クーもローリーとパトリシアを家族だと思っているのかもしれない。

十二歳になったローリーもだいぶ大人《おとな》びてきた。痩せてきたことが少し気になっているが、本人は気にしていないようなので、様子を見ることにしている。

親の贔屓目《ひいきめ》のせいなのか、他の子供たちよりも精神の成長が、だいぶ早いような気がパトリシアにはしていた。

でも相変わらず期待するような反応は返ってこない。話した後で彼女が、

「分かった……？」

と聞くと、うなずくようにわずかに顔を上下させて、ほのかな笑みを返してくれるだけ。が、その表情は以前とはまったく異《こと》なる。

言葉には尽くしがたい思慮深《しりょぶか》さが、その笑みには滲《にじ》んでいるように思える。なにかがローリーの世界には生まれて、育っているのだろう。

そのなにかが、パトリシアには見えてこない。

（時間はまだたっぷりとあるのだ、あせることはない……）

そう思いながら、彼女はその時を待つことにしている。ローリーが病《やまい》をひた隠しにしていることなど、パトリシアは夢にも思ってはいない。

最近、パトリシアには気になっていることがある。間《ま》を置かずに、二度ほど体の大きな猟師風の男の姿を家の近くで見かけたのだ。

人の姿などは滅多《めった》に見ることもないこんな辺鄙《へんぴ》な土地だ。隣の家までも車で十分はかかる。一度だけなら道に迷ったハイカーか、と思うこともできる。でも短期間に同じ男を二度も見たとなれば話は別。不安が胸に萌《きざ》していた。

どこかで見たような……、という気もしたが、結局は思い出さずじまい。

が、三度めはなかった。そのうち、日常生活の雑事がその不安を薄《うす》め、心の中からその不安の雲をきれいに吹き去ってしまった。

そのことをローリーに気づかされるとは思いもしなかった。

その日、パトリシアはローリーにアザラシ漁に関するテレビを見せていた。彼女はアザラシ漁に、きびしく批判的な意見を持っている。

毛皮目的だから、毛皮を傷つけるような銃弾は使わない。時間をかけて撲殺《ぼくさつ》する。そして工場に運び皮をはぐと、鞣《なめ》しなどの複数の行程《こうてい》を経て、輸出できるような立派な毛皮にまで加工して海外に輸出する。

輸出されるまでの過程には、仲介業者が何人か登場する。そのインタビューは、ゴードン・アイアンという名の仲介業者の一人との会話の録画だった。

アザラシ漁は、その見た目の残酷さで国内外から批判されている。それに対して、

「増えすぎたアザラシは間引くことで自然のバランスが保たれる。だから数を調整するアザラシ漁はアザラシにとっても、また国にとっても必要なこと、またなによりも猟師の生活にとっても、とても必要なことなんだ……」

と滔々《とうとう》と自分の意見をマイクに向かって話していた。

生き物の数の増減に人間が関わると結果は殆どの場合、予期されたようないい結果にはならない。生き物の数の調整は、人間ではなく自然の持つ、もっとも大事な仕事だとパトリシアはローリーに教えている。

彼女はそのインタビューの内容を、そのままローリーに伝えていた。

ローリーは突然、椅子《いす》から立ち上がると、テレビの画面に近づきしばらく画面を凝視《ぎょうし》していた。やがて手話を通してポツリとパトリシアに伝えた。

「この人、クーを拾ったときに僕たちを睨《にら》みつけていた、あの時の黒いひげを生やしていた大男だよ……」

鋭い記憶力を有しているローリーに指摘された彼女は、あらためてテレビの中にいるゴードン・アイアンを凝視《ぎょうし》した。

よく見ると、二年前のことだが、ローリーの目に間違いはなさそうだ。

黒いひげはなくなってはいるが、確かにあの時の大男だ。そして、つい先日二度も目撃したあの大男でもあった。

あの時見た顔は、黒いひげがなかったから、見たような顔だと思いながらも思い出せなかった。が、今見ると、間違いなくあの時の大男。

次の瞬間、パトリシアの胸に、気味の悪さが薄墨《うすずみ》が流れるように漂《ただよ》ってきた、

（なぜあの大男がこの家の周りをうろついていたのか……？）

それが、彼女に漂《ただよ》ってきた薄墨《うすずみ》の正体。

この家には三人しかいない。ローリー、クー、自分だ。なにが狙いでゴードン・アイア

ンがこの付近をうろつき回っているのか、彼女には見当もつかない。

ただ、ローリーには、二度も近くで見かけた男だから十分に気を付けるように、とは伝えた。例によってローリーは、笑みを浮かべた顔でうなずくだけだった。

パトリシアに注意を促《うなが》されたローリーは、あの時の光景をあらためて思い起こしていた。

約二年前の記憶だが、あの時の光景は一枚の写真のように鮮やかに、ローリーの記憶の世界には広がっている。

たしか腕には猟銃を抱えていた。傍《かたわ》らには手引きの橇《そり》が置かれていた。橇《そり》の上には銃で撃たれた獲物《えもの》なのだろう、黒とこげ茶の混じった息絶えた獣《けもの》が横たわっていた。

あれは前後の状況から推測《すいそく》すると、クーの母親だったのかもしれない。

クーを友としているローリーも、今ではクズリの生態には詳しくなっている。クズリは自然環境には並外《なみはず》れて敏感に反応する生き物。

温暖化の影響により、山に住む獲物《えもの》が少ない年など、クズリは出産をしないこともある。この温暖化の影響によってもクズリは生息数を減らしている。それだけに、クズリの命には希少価値が生まれ、毛皮などは高額で取引されることになる。

ゴードン・アイアンは冷酷《れいこく》な元猟師だ。ローリーはそのことを知っている。

だからあの時、ゴードンは自分が撃ちころしたクズリの子供を探し回っていたのかもしれない、育てて毛皮にするために。金のためであれば、ゴードンはなんでもする。

沈黙の世界に住んでいるローリーの神経は、針の先ほどまでにも研《と》ぎ澄《す》まされている。

一連の流れを通してローリーに導き出された結論は、ゴードン・アイアンが狙っているのは、母親のパトリシアでもなければ自分でもない、

（クーが狙われている……）

ということだった。

彼にとってクズリは、それほどの価値があるということなのだろう。そう考えたローリーの心配は、クーにではなく、狙っているゴードン・アイアンに向かった。

もし彼がクーに手を出すようなことがあれば、死ぬのはゴードン・アイアン、その確信がローリーにはある。

心配をかけまいと、母親には決して話すことはなかったが、ローリーはクーとの散歩の途中で一度グリズリー（灰色熊）に襲われかけたことがあった。

山奥に入った時など、ローリーはクーを自由にさせるためにリードを外している。そんな時クーは勝手に山の奥へと遊びに行く。

ある時、いつものようにクーがローリーから離れていた時だった。風上《かざかみ》の方から一頭の大きなグリズリーが姿を現したのだ。

ローリーが気づいた時には、グリズリーはすでに十メートルほど先に姿を現していた。もし耳が聞こえれば、うなり声などで、もっと早くに気づいたはずだ……、そう思うとそれが悲しかった。

が、そんなことを今思っても、こんな状況ではなんにもならない。

見たこともない小山のように大きいグリズリーだ。生まれてはじめて頭のてっぺんから、足の爪先《つまさき》にまで、ローリーの体全体に稲妻《いなずま》のような震《ふる》えが走った、

（死ぬかもしれない……）

その思いを実感した時、突如《とつじょ》としてローリーは、言葉には尽《つ》くしがたい恐怖心に、全身を鷲掴《わしづか》みにされていた。

ローリーはパニックに陥《おちい》り、思わず後ろを向いて走り出していた。それが最悪の行動だということに彼は気づいていない。

肉食獣は、背中を見せて逃げる獲物は本能的に追いかける。

それに加えて、鈍重《どんじゅう》そうに見えるグリズリーだが、時速五十キロメートルで走る快足の持ち主。人間はいとも簡単に追いつかれ食われてしまう。

グリズリーが勢いをつけて走り出そうとした、その時だった。黒い生き物がローリーの前にすごい勢いで飛び出してきた。クーだった。

クーはローリーを背後に隠すと、走ってくるグリズリーに低い姿勢で構《かま》え、地を這《は》うようなうなり声を放った。驚いたのはグリズリーだ。急に飛び出してきた苦手《にがて》のクズリが、すごい顔をして挑《いど》みかかってこようとしている。

グリズリーは追い脚を急いで止めると、しばらくはクーと見合っていた。が、突然プイ、と背中を見せると、まるで何事もなかったかのように、森の反対側へと姿を消した。

グリズリーは雑食。食べ物の八十から九十パーセントが肉以外のもの。クズリと一戦交《まじ》えて怪我《けが》をするよりも、他の食べ物で腹を満たした方が利口、と考えたのだろう。

傷を負うことを極力避《きょくりょくさ》ける、野生の生き物としては当然の行動だった。

ローリーはグリズリーが森の奥へもどっていくと、クーに抱きついていった。クーにはどうということもないのだろう、なんの興奮《こうふん》も見られなかった。

ローリーはクーが「小さな悪魔」との異名《いみょう》を持つことは知っていた。が、普段のクーは、そんな異名《いみょう》とは無縁《むえん》なやさしい性格。

だが、クーはローリーが想像もできなかった、獰猛《どうもう》な「小さな悪魔」の片鱗《へんりん》を、グリズリーを相手にローリーに見せつけていた。

自分の体の二倍以上もあるグリズリーを相手にして、一歩も引くことはなかった。そのクーの姿をローリーはしっかりと記憶にとどめている。

だからゴードン・アイアンが、クーに手を出さないことを願っていた。ゴードンが手を出せば、死ぬのはゴードン。

その光景がローリーには見えている。

近くの枝から不意に飛び立ったワタリガラスの姿がローリーの目に映《うつ》った。

なんだか分からないが、最近クーを散歩に連れ出すと、どこからともなく飛んでくるワタリガラスを度々《たびたび》見るようになった。

クーも時々そのワタリガラスを見ている時がある。

そのワタリガラスが、ゆっくり降下《こうか》してくると、驚いたことにクーの鼻先をかすめるようにして飛び去っていった。

クーはそんなワタリガラスを気にする様子もない。クーが気にしないのなら、ローリーも気にする必要はなかった。

鳥が近くに飛んでくる、という偶然はままあること……、そう考えたローリーはいつしかワタリガラスのことは忘れていた。

クーはローリーがその真の姿を、目の当《ま》たりに見せつけられたような、そんな強靭《きょうじん》な生き物に変貌《へんぼう》を遂《と》げていた。

クーは今日も一人で山の奥に入っていった。最近クーがローリーを残して山奥に一人で入りたがるのには理由があった。

クーも成獣《せいじゅう》になっている。その成長した体がクーを山の奥へとさそってくるのだ。

自分にどれほどの力があるのか、それを知りたいと思う気持ちが最近生じてきていた。獰猛《どうもう》な肉食獣としての意識がクーには芽生《めば》えてきている。

狼には以前遭遇《そうぐう》したことがある。

不思議なことに恐怖心はまったくなかった。反対に狼がクーを見ると、そそくさと逃げ出したのだ。そのことにクーは気をよくしていた。

いつものように今日もクーはローリーを置いて一人で山奥へと踏み込んでいた。が、ローリーを守ることはクーの義務。

だから、クーはローリーを守れる範囲内でしか行動しない。

決してローリーを危険な目に遭《あ》わせはしない。クーはローリーが、幼かった頃の自分を命をかけて守ってくれた、あの日のことをまだ覚えている。

クーはこの日突然、空から、

「カーーーッ、カーーーーッ……　…」

という、普段の音域《おんいき》とは異《こと》なる、ワタリガラスの警告の鳴き声を聞いた。

最近夕方の餌《えさ》を食べている時、一緒についばむようになったワタリガラスの鳴き声だった。餌《えさ》の多くをついばむわけじゃない。クーも気にせずに分け与えていた。

そのワタリガラスの警告を聞くと、クーは自分の嗅覚《きゅうかく》に気持ちを集中させた。この時初めてクーも、危険な臭いをキャッチしていた。

ローリーを置いてきた方向から臭いは漂《ただよ》ってくる。視力と聴覚は弱いが、クズリにはきわめて鋭い嗅覚《きゅうかく》が備わっている。

クーは速足《はやあし》でローリーの元へと急いだ。やがてうなり声が遠くから聞こえ、前方からローリーが、息を切らせて駆けてくるのが見えてきた。

その後《あと》から見たこともない大きな生き物が追いかけてくる。クーは駆けてきたローリーを素早《すばや》く自分の後ろへ隠した。

自分よりもはるかに大きな生き物にも関わらず、不思議なことにクーの中にはなんの恐怖心も生まれてはいない。

クーはその大きな生き物に正面から向かい合うと、口吻《こうふん》をめくりあげ、体を低くして大きな白く頑丈《がんじょう》な牙《きば》をむき出し、

「フーッ……　……！」

と喉《のど》の奥から絞り出すように息を吐いた。

速力を上げて追いかけてきたグリズリーは、一瞬躊躇《ちゅうちょ》するように立ち止まると、しばらくクーを見ていた。やがて狡猾《こうかつ》そうな眼で、クーをチラリと見ると、きた道を何事もなかったかのようにもどっていった。

安堵《あんど》したローリーが思わずクーに抱きついてきた。クーに興奮《こうふん》はなかった。その代わり、クーは、ローリーの顔をペロリとなめた。

クーは、

(この山には、自分に挑《いど》んでくる生き物はいない……)

最大の敵、グリズリーの態度を通して、そう悟《さと》っていた。

このクーの姿を見たローリーが、ゴードン・アイアンを気づかったのは当然のこと。クーを狙《ねら》えば、やられるのはゴードン、それがローリーの確信。

それほどに、今のクーの存在感には重いものがある。

そしてそのクーもまた、パトリシアがゴードン・アイアンを目撃した日に、ゴードンの残した臭いに気づいている。

いつもはローリーとパトリシアの臭いしかないクーの縄張《なわば》りに、嗅《か》いだことのない人間の臭いが残されているのだ。

その臭いの主《ぬし》が、どういう人間なのか？　まさか自分の母親を撃ちころした人間だなんて、この時のクーが知る由《よし》もなかった。

だが本能的に、この人間の臭いは危険……、クーの脳裏《のうり》にはそう記憶されている。

クーに、グリズリー接近の警告を発し、この様子を空から見ていたワタリガラスは、ゆっくりとローリーとクーの元へと降下《こうか》し、クーの鼻先をかすめて飛び去って行った。

それはワタリガラスのクーへの挨拶だった。

ワタリガラスは、通常のカラスより一回り大きい大型のカラス。

日本では外見から、カラスは不吉な鳥として見られることもあるが、北欧や北米の神話や伝説では、神または神の使い、として崇《あが》められている。

研究者の報告によれば、様々な実験を通して、ワタリガラスは四歳児以上の、高い知能を有している、ということが証明されている。

他の鳥には見られないこの知能の高さが、神秘性《しんぴせい》を生み、それが謎となり神、または神の使いとしての神話や伝説になったのだろう。

またクーとの関係においては、このワタリガラスは共生の意識を感じていたのかもしれない、クーが餌を分け与えていたからだ。

獣《けもの》と鳥の共生関係では、アフリカやアジアで生きている、ラーテルとミツオシエの関係がよく知られている。

蜜《みつ》が好物のミツオシエは、ミツバチがいると蜜《みつ》を吸えない。だから同じ蜜《みつ》好きのラーテルに巣を教えることで、ラーテルがミツバチの巣を壊し食べた後で、思う存分に蜜《みつ》を吸う。

この人間顔負けの知恵を使って、ミツオシエという鳥は生きている。

野生は様々な生態で成り立っている。多くの部分が謎のまま。人間に見えるのはその一部のみ。

ワタリガラスが危険を警告し、その代わりにクーが餌を分け与えている、そういう共生関係があったとしても、野生ではなんの不思議もない。


「やはりクズリの首が必要じゃろう……、賞をとるためには。二年前の集まりでもクズリはいい線まで行った。が、顔に傷がついていたためにケチをつけられて、賞をのがしてしもうた……」

ここはカルガリーの高級住宅街の一画《いっかく》にある邸宅の一室。カルガリーは州都エドモントンと同様にアルバータ州にある同州最大の商都。

ここの主人ジェームズ・ハケットとゴードン・アイアンが密談を交わしている。

二年前にもジェームズ・ハケットはゴードンにクズリの頭部を依頼していた。狩猟仲間同士のトロフィーの品評会で賞をとるためだ。が、狼に顔を咬《か》まれた深い傷があったために、賞を取りそこなった経緯《けいい》があった。

「いやぁー、今度は太鼓判《たいこばん》を押しますよ。心当たりがありますんでね、賞が取れる首を期待していてください……」

との、ゴードンの言葉に、

「君がそこまで言うのなら期待しようか。もしその首で賞が取れるようであれば、特別ボーナスは、ずんと弾《はず》むよ……」

とハケットは機嫌よく返した。

かつてアイアンマンと呼ばれていた猟師は、今では金になることならなんでもやっている。お目当ての獲物《えもの》が欲しい顧客《こきゃく》がいれば猟師もやる。金が稼《かせ》げるということになれば、毛皮の仲介業者もする。

今度のように金持ちから特別な依頼を受ければ、大きな報酬《ほうしゅう》を交換条件にして願いを叶《かな》えるべく動き回る。

クーの様子をしつこく調べ回っているのも、この金持ちの依頼を受けてのことだった。

「ところで、今度のアフリカへのハンティング旅行ですが、私も連れて行ってもらえませんか……　……?」

このゴードンの言葉に、ジェームズ・ハケットは一瞬考えると、

「君は必要ない。絶対安全な狩りだ。それに現地には専門のガイドがいるからね、それで十分。君はまったく必要ない……」

ハケットが時々アフリカで特殊な狩りをすることを知っていた。変わった狩りのようなので、いつかは自分も一度はそんな狩りに加わりたかった。

それで頼んでみたのだが、けんもほろろに断られた。相手のことを少しでも思いやる言葉であれば、気分はまったく変わってくるのだが。

(フン、このハケットの冷たい態度はどうだ……)

と、この返事を聞いたゴードンは、いつものようにそう思った。

この返事だけでハケットを判断するつもりはない。が、自分より力のないものに対しては、すべての行動，行為においてハケットはこういう傲慢《ごうまん》な態度を見せる。

(これが金持ちだ。金持ちの頭の中には自分の満足を満たすことしかない……)

とゴードンは思っている。

ジェームズ・ハケットはニューヨークのウォール街で投資銀行を経営している。金に金を生ませる仕事だ。

そして彼の血は冷えている。その冷血さにおいては、アイアンマンと呼ばれるゴードン・アイアンの、鉄のような冷たい血などは到底《とうてい》およびもつかない。

そうでなければハケットのような、我利我利亡者《がりがりもうじゃ》が多く闊歩《かっぽ》するウォール街で、巨額の利益を稼《かせ》ぎ出せるはずもない。

ハケットは、キャンド・ハンティングという、この特殊な狩りにすでに数回参加している。高い金もかかるが、絶対安全な狩りで、彼自身とても気に入っている。

そんな狩りに、ゴードンのような小狡《こずる》い男を連れて行っても興《きょう》ざめになるだけ。

一方、ゴードンも金もうけのためには揉《も》み手をしながら、いつも金持ちの間を飛び回っている。金持ち連中の自分に対するこういう扱いには馴《な》れている。腹も立たない。

ゴードンとハケットの付き合いは、信頼というものからは遠く離れた、乾《かわ》いた利害関係の上に成り立っている。

（自分は善人じゃない、むしろ悪人だ……。でも、本当の極悪人《ごくあくにん》は、自分のような小悪人《こあくにん》を使いながら姿を見せない、ジェームズ・ハケットのような人間だ……）

ゴードンは自分自身を理解していると同様に、極悪人《ごくあくにん》の正体をも正確に把握《はあく》していた。


その日、ローリーはクーへの餌を、庭先のいつもの場所に置きに行った。

クーが目を細めて嬉しそうに、ローリーの後をついてくる。えさの大きな皿を置くと、ローリーは身近で風の乱れを感じた。

その方向に目をやると、一羽の大きなワタリガラスが地上に降り立ち、クーの餌の方へと、トコトコと歩いて近づいてくる。

見ているとクーと一緒になって、皿の餌をついばみだした。

クーもまったく気にする様子はない。ローリーは先日の光景を思い出していた、

（グリズリーに襲われたあの日、頭上を飛び回っていたワタリガラスは、このカラスだったんだ……）

と。最近よくカラスを見かけると思ったのは、思い過ごしじゃなかった。クーには友達ができていたのだ。

ローリーが近寄ってもワタリガラスは逃げようともしない。まるで、クーの友達は自分の友達、とでも言わんばかりのそぶりだ。

ローリーは名前を付けようと思った、クーの友達なら自分の友達でもある。

ワタリガラスは英語ではレーブンだ。レーブン……、レーブン……、とつぶやいてみた。

（レーブン……！）

と、ローリーは心の中でワタリガラスに、そう呼びかけてみた。

みた。いい感じだ……。

レーブンはそのガラスのように透《す》きとおった眼でローリーを見返してきた、まるでロー

リーの心の中の呼びかけが聞こえたかのように。

なんだか分からないが、ローリーは無性に嬉しくなった、クー以外にも友達ができたような気がしたからだ。

異《こと》なった種の生き物同士が友達になる、ということは決して珍しいことじゃない。

例えば、インコと猫、キツネと犬、牛と鹿、イボイノシシと犬、象と水牛、天敵であるライオンとハイエナでさえ、状況によっては、その関係にあるとも記録されている。

イノシシが小猿を背中にのせて、動物園を走り回っていた光景も、まだ記憶に新しい。

これらの他にも、世界中では数えきれないほどの、異種の生き物同士の、こうした関係が報告されている。

パソコンから得られる情報を通して、そのことを知っていたローリーには、クズリとワタリガラス、そして人間が友達になる、ということにはなんの違和感《いわかん》もない。

家の中に入ったローリーは、手短《てみじか》にレーブンのことをパトリシアにも話した、彼女がクーに餌をやる時にレーブンが追い払われては可哀《かわい》そうだからだ。

野生のすべてを受け入れている彼女が、その話に驚くことはなかった。

が、彼女にはその時、別の件でかなり気になることがあったようで、眉間《みけん》にしわを寄せて、逆にローリーに問いかけてきた、

「アフリカにはキャンド・ハンティングという狩りがあるらしいの、知ってる?」

その言葉を知らなかったローリーは反応せずに、次の母親からの言葉を待っていた。パトリシアはつづける、

「ママもまだよくは知らないんだけど、昨日《きのう》ベン先生に町でお会いした時、珍しく先生が怒ってらしてね、で、話を聞いてみたら、"キャンド・ハンティングなんて人間のやることっちゃない……"なんて、怖《こわ》い顔で言ってらしたの。どういうハンティングなのかしらね、ママにもまだよく分からないんだけど……」

六十の坂を下り始めたベン先生は、ローリーもよく知っている、手話にも通じている内科の医者。

自然にも詳しいとても温厚な、ローリーもとても気に入っている先生だ。その先生が本気で怒っていたというのは、余程《よほど》のことなのだろう。

（キャンド・ハンティング……、一体なんのことだろう……?）

母親同様に、初めて知るこの言葉が、ローリーにもかなり気になってきた。

ローリーの旺盛《おうせい》な好奇心が、その言葉を検索するために彼をパソコン台へと向かわせる。

いつものローリーの知識への旅だ。

が、検索を深めるにつれて、その高まっていた気持ちが、やがて徐々に萎《な》えていく。

先ほどレーブンのことで新しい喜びを感じていたローリーだったが、この言葉の検索は、そういう彼の幸せな気持ちをも、沈みこませるようなひどい作業になっていた。

（こんなにも……、こんなにも、非道な人間の群れがいるのか……）

それがキャンド・ハンティングを検索して、最初に生じた感覚……、次々と湧き出してくるこの思いに、ローリーの心は少しずつ削《けず》られている。

キャンド・ハンティングを要約すれば……、

──飼育場で野生動物（主にライオン）を繁殖させ、フェンスに囲まれた敷地内で金持ちの狩猟家が、手向かいできないライオンの射殺を楽しむための狩りの方法。特にアメリカ人に人気があるという。

動物たちは幼いうちに親から引き離され、ころされるためだけに飼育される。成長すると餌が減らされ衰弱した、抵抗できない状態で敷地内に放たれ、餌を求めて狩猟家に近寄ってくる。

人間に餌をもらってなついているのだ。まさかその人間が自分たちをころすとは思いもしていない。が、そのために高い金を払って待ち受けていた狩猟家に射殺される。

衰弱して抵抗できないライオンには、助かる可能性は百パーセントない。

そしてその首はトロフィー（戦利品）として居間に飾られる。

命を賭《か》けて闘いとった、価値のあるトロフィーなんかじゃない。抵抗できないライオンを、無慈悲《むじひ》に虐殺《ぎゃくさつ》したに過ぎない。

なんの価値もないこの狩りで、年間千頭近くがころされている。

この十年間でライオンの生息数は、三十万頭から十分の一の三万頭ほどにまで激減し、静かに絶滅への道を歩いている。最大の原因は、人間のライオンの生息地への侵入、そして人間が作り出した急激な気候変動のため。

人間が作り出した、この危機的な状況の中で、人間は、キャンド・ハンティングという狩りによっても、さらに絶滅の道へとライオンを追いやろうとしている。

飼育場には、人間の楽しみのためだけにころされるライオンが、七千頭以上も存在しているのだ。

施設で飼育され、その敷地内でころされることから、この狩りは「キャンド（缶詰）・ハンティング（狩り）」と呼ばれている。

このキャンド・ハンティングに参加する人間は、決してごく一部の金持ちなんかじゃない。多くの金持ちの欲求《よっきゅう》にこたえるために、少数で始められたこの施設は、今では二百を数えるほどに増えている。

市場規模《しじょうきぼ》で約十億ドル（千三百億円）。この数字が証明している、特別な富裕層の人間だけじゃなく、大勢の金持ちがこの狩りを楽しんでいることを。

子供に餌を与えるのは野生では親しかいない。親から引き離され、人間に飼育された子供たちは、人間を親と思い餌をねだりに寄ってくる。

人間に飼育された動物たちの習性は、成獣になっても変わらない。

やっと餌をもらえると思って、衰弱《すいじゃく》した体で人間にすり寄ってくる大人《おとな》のライオンを、楽しみのために撃ちころすのがキャンド・ハンティングー。


どうすれば人間はここまで冷酷に、残酷になれるのか……？　こういう人間には、一体何色《なにいろ》の血が流れているんだろうか……？

これがローリーに最初に浮かび上がってきた感覚。

このキャンド・ハンティングという非道で残虐《ざんぎゃく》な行為は、ローリーの想像をはるかに越え、無数の細かい泡のように浮き上がってきた感情は怒りじゃなかった。

それは深い悲しみにも似た、人間に対する絶望という感情に近いもの。

検索を終えてもローリーはしばらく動くことができない、それほどの衝撃《しょうげき》をローリーは、この醜《みにく》い人間の姿から受けている。

そのローリーの脳裏をフッと横切ったものがあった。

それは、パトリシアが教えてくれた、命の輪そして究極《きゅうきょく》の「利他の心」を持つサケの生き方。生き物の持つ他者を思いやる気持ちがその中には含まれている。

時には過酷《かこく》とも思える「自然の道理」の下《もと》でも、すべての生き物たちは必死になって、その道理に沿《そ》って生きている。

きびしさや悲しさはあっても、すべては自《みずか》らを含む多くの種を生かすためだからだ。安心できる、得心できるやさしさが、その中には息づいている。

キャンド・ハンティング。

この言葉の中には他者を一切顧《かえり》みることのない、人間のみが持つ欲望、傲慢《ごうまん》そして醜悪《しゅうあく》さが凝縮《ぎょうしゅく》されている。

その時ローリーに浮かび上がってきた光景は、パトリシアが話してくれた、今世界を襲っている気候変動を起因とする大災害の数々《かずかず》。

急速な海面上昇、高温化に伴う未曽有《みぞう》の森林火災の頻発《ひんぱつ》、洪水《こうずい》や熱波、寒波で命を落とす多くの人々。数えきれないほどの災害に人々は今襲われている。

ローリーはずっと不思議《ふしぎ》に思っていた、

（ママやベン先生、僕たち、また町の人たちだけだったら、こんなに環境を悪くするはずはないのに、なぜ……？）

と。この長い間抱《いだ》きつづけた疑問に対する答えに、偶然《ぐうぜん》にもローリーは近づいていた。この社会には異《こと》なる種類の人間がいることに、このキャンド・ハンティングという残酷な狩りを通してローリーは初めて気づかされた。

小さな幸せがあれば人は多くを望まない。穏《おだ》やかに生きることができれば、それ以上の幸せはない……、多くの人々はそれを知っている。

世の中には、それで満足できない多くの人々もまたいるようだ。

その一例がキャンド・ハンティングの感性を持つ富裕層《ふゆうそう》の一群。金持ちだからほとんどの輩《やから》が支配階級に属している。

普通の人々は必要なものがありさえすれば不満を持たない。この状況であれば、多少の資源の無駄遣いはあったとしても、環境破壊という次元にまでは悪化しない。

だが、企業を所有する富裕者《ふゆうしゃ》たちにとっては、そういう状況では儲けを出せない。だから、購買力のある世代や若者たち、子供たちをターゲットにして、目新《めあたら》しい商品を過度《かど》に、過剰《かじょう》に作って売りまくる。

その多くが、目新《めあたら》しさだけが際立《きわだ》つ、生活には不必要なもの。不必要なもののために多くの資源が無駄に消費され、気候変動につながっていく。

一部の富裕層《ふゆうそう》が儲《もう》けるためだ。ほどんどの利益は社員にさえも分配《ぶんぱい》されず、会社の経営者に吸い上げられるだけ。

経営者が儲《もう》けた金は、さらに新しい利益を求めて市場に投入され、巨額の富となってもどってくる。富の蓄積（経済の発展）と環境の悪化は正比例すると言われている。

そのために、気候変動を生じ多くの人々が苦しみ、多くの命が失われても、姿の見えない真の経営者は歯牙《しが》にもかけない。他人の事情などは一切《いっさい》お構《かま》いなし。

どれほど痛がろうと、また飢えようと、彼らは他人の痛痒《つうよう》には無頓着《むとんじゃく》。自分の欲望を満足させることがもっとも大事なこと。

彼らにとっては、金にならない環境よりも、環境破壊を通して得られる儲けの方が、はるかに大切。

人を信頼し、餌を求めてすり寄ってくる衰弱したライオンを撃ちころすことさえも、自分の楽しみにしてしまう感性。

この感性と、環境破壊を通して得られる金儲けには共通点がある。

それは、自分さえよければ相手がどれほど傷つこうが構わない…　…、という自分だけを利する「利己の心」。

多くの人々が気づかないうちに、まさにこのキャンド・ハンティングの感性が、世界の至る所にはびこっているのかもしれない。

普通に暮らす人々には想像すらできない、こんな冷血な人間が、現実には一部ではなく、数多く存在する現実を、この言葉の検索《けんさく》を通してローリーは知らされていた。

楽しみのために、衰弱したライオンを撃ちころす二百もの施設が運営されているという事実が、忌《い》まわしいこの現実の証明。

同じ人間でも言葉の通じない異質の人種がいる。それがキャンド・ハンティングという感性を有した富裕層の集団。

アフリカの自然環境を保護するためには資金が必要、そのために野生で暮らす動物を活用する……、という謳《うた》い文句《もんく》がある。

刺激しないように注意深く、野生動物の自然の生態を見せて料金を徴収することなどがその代表的な例。それにはうなづける。

が、キャンド・ハンティングはその理念を悪用した最悪とも呼べるような汚《きたな》い商売。その尊い理念や謳《うた》い文句を使って汚い商売をする輩《やから》はどこにでもいる。

なにが、だれが正しいことを言っているのか？　騙《だま》されることも少なくない。それを見極《みきわ》める我々の賢い目が、特に貧しい国々では必要とされる。

騙《だま》されれば、犠牲者は常に物言わぬ生き物たちなのだ。

（自分の命を以《もっ》て、子供たちだけではなく、他者の命をも救うサケの一生。自分の楽しみのために金を払って、衰弱した、しかも絶滅の危機に瀕《ひん》しているライオンを撃ちころす人間の姿……、同じ生き物なのに、何《なん》なんだ、この違いは……？）

この思いが、混乱するローリーの頭の中で、ワン、ワン、ワン、ワン、ワン……、という不快な音が共鳴《きょうめい》するように鳴《な》り響《ひび》いている。

衝撃的《しょうげきてき》な現実を見せられて気持ちが萎《な》えたローリー。が、それはまた彼に新しい目を持たせるきっかけにもつながっていた。

周囲の状況に一切の配慮を見せない、冷たい血を持つ金の亡者《もうじゃ》、彼らのような存在が環境破壊の裏側には隠れ潜《ひそ》んでいるのじゃぁないのか……？

その気持ちがローリーの心の奥底から、じわり……、と湧き上がってきている。

第五章　別れ

時というものは、だれにも追いすがれない無情の流れ。

どれほど望まなくても、いつも運命という友をつれて予告なしに訪《おとず》れる。そして大切なものを奪いとり記憶《きおく》の彼方《かなた》へと流れ去る。

それは、ローリーがキャンド・ハンティングを検索してから、一月《ひとつき》ほどが経った、曇り空で底冷《そこび》えのする日だった。

ローリーが起床したのは、いつもより遅い十時過ぎ。最近では体の不調の間隔《かんかく》が短くなってきたような気がする。

昨夜は突然、今までに経験したことがなかったような、関節や骨の痛みに襲われ、そのためによく眠れなかった。

いつものようにベッドからおりて洗面所に向かおうとした、その時だった。

フーッと意識《いしき》がうすれ床《ゆか》にくずれ落ちた。その時ローリーが感じたのは、雲の絨毯《じゅうたん》を踏みぬいて地上に落ちていくような感触《かんしょく》。

今までに経験のない、なんとも頼りない感覚だったが、クーの上に気を失って倒れたのはかすかに覚えている。

実際は、クーがローリーの異常に気づいて、ローリーがケガをしないようにと、自分の体で倒れてくるローリーを受け止めていたのだ。

クーの柔らかい体のために、ローリーが傷つくことはなかった。

クーは急いでパトリシアに知らせた。

床に倒れ伏しているローリーの姿を見ると、彼女は思わず短い悲鳴を放っていた。こういう状態のローリーを見たことがなかった。

震える手で彼女はベン先生の診療所に電話する。

ローリーの意識がもどったのは、気を失ってから半日ほどが経ってから。ベッド脇で、母親パトリシアとベン先生が、心配そうにローリーをのぞきこんでいる。

ベッドの下からはクーがローリーを見上げていた。ローリーはこんなにも悲しい目をしてローリーを見つめているクーを、今まで見たことがなかった。

野生の生き物の持つ鋭い嗅覚《きゅうかく》で、クーはローリーの病状の悪化をはっきりと感じ取っていたのだ。

人間の体臭からガンを検知《けんち》する、ガン探知犬《たんちけん》なるものが存在する。

犬の嗅覚《きゅうかく》は人間の百万倍から一億倍ともいわれ、その嗅覚《きゅうかく》でガンの有無《うむ》を嗅《か》ぎ分ける。

人間から生じる、呼気、汗、尿、血液などの臭いからガンの有無《うむ》を見きわめるのだ。

嗅覚《きゅうかく》が命を左右する野生において、野生のクーがその鋭い嗅覚《きゅうかく》でローリーの病気を感じ取っていたとしても、なんの不思議もない。

パトリシアはローリーが声を出せない、音を拾えない、その障害のために、クーがローリーにやさしく寄り添っている……、と考えていた。が、それは半分だけの正解。

あとの半分は、クーはローリーが病《やまい》に侵《おか》されているということを、だいぶ前からクーの野生の嗅覚《きゅうかく》で感じ取っていたのだ。

だからクーが二重苦を背負ったローリーから、目を離すことは決してなかった。

意識がもどった時、ローリーははっきりと意識していた……、この二年の間、どうしようか……、などと迷いながら、手加減《てかげん》をしていた病魔《びょうま》が、ようやく本気になって襲《おそ》いかかってきたことを。

それが事実であることを、クーの悲し気《げ》な眼の光がローリーに語りかけていた。

ローリーは不安げに自分を見ているパトリシアを見つめた。パトリシアは無理に笑みを作ると、ローリーの髪をかき撫《な》でながら、

「心配しないで大丈夫よ……、心配しないで大丈夫、ママはいつも一緒だから……」

唇を大きく動かすと、そうローリーに伝える。ローリーは唇を読むこともできる。

こぼれ落ちることはなかったが、彼女の目は大粒の涙を湛《たた》えている。

目の前の母親の顔を見ていると、今までこの病気のことを隠してきて、本当によかった……、とローリーはあらためて思っていた。

母親の悲しみを押しころした血の気《け》の薄れた顔、それは悲しみを心いっぱいに宿《やど》らせた
表情。倒れただけでもこれだけの不安や悲しみに襲われている母親だ。

明日《あした》か明後日《あさって》には、ローリーが隠しつづけてきた病《やまい》のすべてが、ベン先生の手で明らかになるだろう。その時の母親の悲しみを思うとローリーには言葉もない。

ローリーは自分に襲いかかってきた病気の正体をすでに知っている。

機械にはなんの感情もない。

病気の症状をパソコンに入力するだけで、それがどれほど重い病気であろうと、相手の感情とは無関係に、呆気《あっけ》ないほど簡単に、病名を知らせてくる。

「白血病」。小児ガンの一つ。病名を知って、多少のショックはローリーにもあった。でも母親に話すつもりはなかった。

生まれつき声を失い音を失っている。もともと生に対する執着《しゅうちゃく》もそれほど強くはなかった。事実をありのままに受け入れる、という感性のままに生きてきたからだ。

それに加えて、生来的《せいらいてき》なものなのだろう、体もそう強くはなかった。走るなど、少し激

しい運動をすると、すぐ息切れしてしまう。

思うように、自由に体を動かせない状況では、こんな病《やまい》に侵《おか》されても、仕方がないことなのだろう……、としか思わなかった。

でも、クーと暮らすようになってからは、心のありようも含めて、色々なものが変わってきたように思う。

喜びや悲しみ、そして心の痛みも理解できるようになった。特に、生きる……、という深い意味を、クーの生き方を通して教わった。

もしこの感情が生まれていなければ、母親の悲しみも理解できていない。なんの躊躇《ためら》いもなく、母親に病気のことを話していたかもしれない。

今のローリーが心の底から見たくない、と思うもの……、それは母親の絶望に沈んだ顔。倒れただけでも、こんなにも悲しい顔をしている母親。

それは二年前ローリーが持っていた思いと、まったく変わらないものだった。

じきに自分が死んでいく……、と告げられたら、母親はどうなるのか？

今のローリーにとっては、自分のことよりも、間もなく息子の余命を知らされるパトリシアの心の中の方が気にかかる。

この二年ほどの間《あいだ》を、ローリーは時折襲われる痛みに耐えつつ、死を覚悟して隠しつづけてきた。

こういう思いを母親にさせるのは、一度だけで十分だ……、と思って。

（その思いは正解だった……）

心の底から、今でもローリーはそう思っている。

それが理由で、母親と深い話をすることも避けてきた。

鋭い感性を持つ母親に、話の端々《はしばし》で体調不良のことを勘づかれるのを気にかけていたからだ。また急に痛みに襲われた時もあった。

痛い……、という表情を一瞬でも見せれば、もう隠し通せなくなる。そんな時のことを考えて、長い時間を母親と話すことも避けてきた。

だが隠し通すことができなくなった今、自分が死ぬまでの日々を、どう母親に対して向きあえばいいのか……、それがローリーには分からない。

こんな思いに陥《おちい》るとは、二年前のローリーには気づけないことだった。

だが、痛みの具合から察すると、この命はじきに終わる。この思いに悩むことも、そう長くはない……、と思っている。だからこの状況に至っても、

（ママに隠しつづけて良かった……）

そう思うローリーの心が変わることはなかった。

（ママの顔を心に刻《きざ》みこんで逝《い》きたい……）

痛み止めの薬を注射され、頭が朦朧《もうろう》としている今のローリーには、その思いしか浮かんでこない。

ベン先生の薬が効《き》いてきたのだろう、ローリーに激しい睡魔が襲ってきた。

今日はローリーを一人にするために、ベッドの脇でうずくまっているクーを寝室から出そうとしたが、クーが頑《かたく》なに四肢《しし》を踏ん張って言うことを聞かない。

これほど頑固《がんこ》に抵抗するクーをパトリシアは見たことがなかった。

（クーも今日はなにかを感じているのかもしれない……）

そう思い、仕方がないからクーのやりたいようにさせることにした。別にローリーの邪魔にはならないだろう。

ベン先生は、明日またくる……、そう言い残して先ほど診療所に帰っていった。

ローリーが深い眠りに落ちたのを見届けると、初めての経験に動揺したパトリシアは、階下の居間のソファーに倒れ込むようにして座り込んだ。

夕暮れ時の茜色《あかねいろ》の薄闇《うすやみ》が、ガラス窓をとおして居間にも忍び込んできている。

つい一月《ひとつき》前には、白一色に覆《おお》われていた山の景色は、今や新鮮な緑色に映《は》え花々が咲きほこる季節を迎えた。

まるでこの家だけが、そんな花々からも忘れ去られたように、凍《い》てつく冷たい冬山に一つポツンと取り残されたような、そんな寒々《さむざむ》しい気配《けはい》をただよわせている。

ローリーが倒れてから二日が経っていた。

先ほど先生が帰っていった。

電気もつけずにパトリシアは、焦点の定まらない目を一点に向け、ただぼんやりと闇の深まる居間のソファーに座り込んだまま。

暗い、奈落《ならく》の底のように一寸《いっすん》先も見えないような漆黒《しっこく》の闇に、パトリシアの心は包みこまれていた。

彼女の脳裏《のうり》には、先ほどのベン先生の口から発せられた衝撃的《しょうげきてき》な言葉の連《つら》なりが、ガンガンと大きな音をたてて反響している。

「ローリーの命は、そう長くはないかもしれん……」

これがローリーを詳しく診察し、また検査した後に、苦痛の表情を浮かべた、ベン先生の口から出てきた最初の言葉。

（これはローリーの余命宣告……？）

それがパトリシアの思いだった。パトリシアは最初、この言葉を理解できなかった。

すべてをローリーとの生活に捧《ささ》げてきた彼女にとっては、信じたくない……、そういう気持ちもあったのかもしれない。

が、事実は目を閉ざしても消えてはいかない。

やがてこの言葉を理解せざるを得なくなった彼女は、先生の次の言葉を待っている。

「孫のように思うとるローリーの病状に関して、こんなことをいうのは、わしも……」

先生もそこで一旦絶句《ぜっく》すると、なんとかつづける、

「わしも苦しいのじゃが、あんたには早く伝えた方がええじゃろうと思うてのぅ……」

パトリシアの表情が白い能面《のうめん》のような無表情なものに変わってきた。その表情のない顔で先生の次の言葉を待っている。先生の話はつづく、

「白血病じゃ。小児ガンの一つじゃよ。それも末期の小児ガンじゃ。かなりの期間ローリーは一人で我慢してきたんじゃなかろうか……、とわしは思うとる。この状態であれば、少なくとも一年、または二年前くらいには本人は気づいとるはずじゃ、なぜあんたに話さず我慢していたのか……、わしには想像もつかん。こうなるまでには、かなり不快な状態にも襲われていたはずじゃからのぅ……」

パトリシアは無表情のまま先生を見つめている。ベン先生も窓の外に広がるロッキーの山々を見ながらつづける、

「ローリーは鋭い感覚で気づいていたんじゃろう、自分の病が不治の病であることを……。だからあんたには隠していた、二度も悲しませることはない、と思うたのかもしれんのう……」

どんな悲しみに陥《おちい》ろうと時は必ず冷静《れいせい》さを運んでくる。それまで黙っていたパトリシアにも冷静さがもどり、初めて口を開いた。

「それじゃ、あの子は私に心配をさせないために黙っていたというんですか……？」

ベン先生は外の景色を見ながら答える、

「そうとしか思えん。この状態になるまでは、不快などの自覚症状は何度もあったはずじゃ……。子供の心は誰にも推《お》しはかることはできん、特にローリーのような沈黙の世界に住んでいるような、賢い子供の心の深さは……」

それまで外の景色を見ていた先生は、その目をパトリシアにもどすと話をつづける、

「科学者の中には、知ったことを言うような輩《やから》もいるが、人の心の世界はまだ未知の領域じゃよ。子供に深い配慮の心があっても、なんの不思議もない。それを理解できない者たちが分かりやすくするために安易に決めつけているのが定説というものじゃ。あんたにもわしにも理解できんような、そんな深い心の世界が子供の心に、そしてローリーの心にあったとしてもなんの不思議もない……、わしはそう思うとる……」

パトリシアには先生の言っていることが理解できるような気がしていた。

自分も、障害のある子供たちでも、程度の差こそあれ、みんな自由な心の世界を持っている……、そうずっと思ってきたからだ。

先生の話は、その思いを肯定《こうてい》し一歩踏み出した話だ。

さらにその話は、何度も感じていた自分に対するローリーの思慮深《しりょぶか》い眼差《まなざ》し、それをパトリシアに思い出させ、その眼差《まなざ》しこそが先生の言葉を証明している……、その思いはやがて彼女の確信になっていた。

ローリーは今薬が効《き》いて眠っている。

ローリーが目を覚ました時、自分がどう対応すればいいのか……、それが分からずに彼女は途方《とほう》に暮れている。

涙を見せてはいけない、悲しみを表情に出してはいけない……、それしか今の彼女には浮かんでこない。

(自分が死んだ後のローリーの行く末はどうなるのだろう、自分が生きているうちに将来ローリーが困らないように、なんとか技術を身につけさせなければ……)

などと、つい先日までは、こんな深刻《しんこく》な思いを頭の中で何度も反芻《はんすう》していた。

二つの不幸に同時に圧《の》し掛《か》かられた時、人はより軽い不幸を幸せに感じるという。

ローリーの短い余命を告げられた今、不思議なことにそんな苦しかった様々な思い出さえもが、遥《はる》かな昔の幸せな思い出のような気がしてくる。

生まれてくる前に声と音を奪われ、そして十二歳にして命を奪われるという不幸に出遭《であ》ったローリー、パトリシアに口に出せる言葉はなかった。

絶望の漆黒《しっこく》の闇《やみ》に覆《おお》われた居間、電気もつけずにソファーに座り込んだままのパトリシアは、果てしのない悲しみの世界をただ一人でさまよっている。


ローリーは枕《まくら》の下から、一通のパトリシアへ宛《あ》てた手紙をとり出していた。

ローリーは一年ほど前に、偶然マット・ジョーンズという人からの、パトリシアへの手紙の束が、引きだしの中にしまわれていることに気づいた。奇妙なことに一通として開封された形跡《けいせき》はなかった。

ローリーはある日、パトリシアが留守の時配達されたマット・ジョーンズからの手紙が、郵便受けに入っていることに気づいた。

父親は亡くなった…　…、とパトリシアには聞かされていた。が、ローリーはその話を疑っていた。

ローリーの明晰《めいせき》な頭脳で考えると、母親の話には辻褄《つじつま》の合わないことが多かったからだ。

マット・ジョーンズなる人物が自分の父親かもしれない……、いつしかローリーはそう思うようになっていた。

そういう気持ちにさせたのが未開封の手紙の束だった。その気持ちを持っていたローリーに心の声がささやいてきた、

(今しかチャンスはない、ローリー、手紙を開けて中を読むべきだ……)

と。彼はささやきに従った。開封した結果はローリーが、そうであってほしい……、と心で願っていたものとほぼ同じ。

手紙の内容は、ローリーのことに関しての謝罪の言葉にあふれていた。そしてこの時、初めてローリーは両親の間になにがあったのか、真実を知ることができた。

父親は想像していた通りのやさしい人だった。

が、それと同時に母親の父親に対する激しい怒りも、あらためて理解できた。それが、父親は亡くなった、という言葉と未開封の手紙の束だ。

だが、ローリーの鋭い感性は、

(ママはまだパパを愛している……)

と、パトリシア自身が気づいていない、彼女の感情の起伏《きふく》にも触《ふ》れていた。

その証明が引き出しにしまわれたままの未開封の手紙の束。本当に嫌われていれば、す

べて捨てられているはず……、それがローリーの理解。

ローリーの洞察力《どうさつりょく》は、ベン先生が話していたように、大人には理解できないほどに深いものを備えていた。

今、ローリーは気づいている、二年前に草や土を払い落としてくれたあの男の人が、自分の父親マットだった、ということに。

あれから何度か、あの男の人を思い出すことがあった、とてもいい思い出として。

手紙を読んだ後、この手紙の主とあの男の人のイメージがローリーの頭の中で、ピタリ、と重なり合ったのだ。それに加えて、あの男の人は手話を操《あやつ》れた。

偶然はある。が、あれほどの偶然はあり得ない……、とローリーは確信している。

それいらい、ローリーは父親マットからの手紙を、何度も何度も、パトリシアに隠れてくり返し読むようになった。

自分が原因になっているだけに、できれば両親には仲直りしてほしい。だがローリーがそれを言うことは憚《はばか》られる。

現在の生活は、父親に対する怒りもパトリシアの支えになっている。仲直りのことを言い出せば、母親に激しい混乱をもたらすだろう……。

ローリーにとって、もっとも大切な存在は母親のパトリシア。

二人の関係は神様に任せるしかない……、それがローリーに、何度も、何度も考えた挙句《あげく》に、もたらされた答えだった。

手紙を読むことは父親の情に触《ふ》れること、そう感じるローリーに、時々枕の下から取り出して読むことは、いつしか数少ない、ローリーの慰《なぐさ》めの一つになっていた。

時折ボンヤリと見つめる先にはパソコンがあった。だがもうそのキーボードをたたく体力はローリーには残されていない。

クーは悲しげな眼でローリーを見上げている。ローリーも頭だけを横向きにしてクーを見つめる。ローリーはいつも思っていた、

(クーには自分の気持ちが通じている……)

と。ローリーにも眼の光を通してクーの気持ちが分かる。死期を前にした今、その感覚は一層研《と》ぎすまされていた。

(本当によく我慢して生きてきた、もういいよ、もういいんだよ、ローリー……、もう痛い、と言っても、もう楽になっても……、もういいんだよ……)

ローリーには、クーの眼が、やさしくそうささやいているように見えている。

だが日ごとに弱っていくローリーに、意外なことが起きていた。今までに一度として感じたことのなかった、

（死にたくない……、今はまだ死にたくない……）

そう思う、命への執着が生まれてきていたのだ。

人はなにかをしたい、と心から思った時に初めて、命への執着《しゅうちゃく》が生まれてくるという。

キャンド・ハンティングの存在を知った時に、人間の愚《おろ》かさ、醜《みにく》さを思い知らされた。

が、その数日後に偶然、絶滅に瀕《ひん》している生き物たちを野生に帰す、またこれ以上希少動物が数を減らさないように行動している、多くの心やさしい人々が存在することもまた、ローリーはパソコンから得られる情報を通して知らされていた。

オランダでは、一時ほとんど姿を消したカワウソを復活させようと、多くの人々が努力した結果、多くの運河でカワウソが見られるようになってきた。

またアメリカの国立公園でも、乱獲や駆除のために完全に姿を消した狼を、健全な生態系を復活させるために、その地域に再度もどそうと試《こころ》みた結果、その努力が実を結んだという報告もされている。

この類《たぐい》の努力は、現在世界各地でなされている。長い間人々が犯しつづけてきた過《あやま》ちに気づいた、多くの善意の人々が今行動している。

まだ数は少ないが徐々に増えてきている、そんな人々の存在がローリーの心に小さな希望の灯《ひ》を点《とも》してくれた。

現在は生き物たちを絶滅させる力の方が、まだ保護する力を圧倒している。

この状況がつづけば、近い将来に人間の滅《ほろ》ぶ姿がローリーの目には浮かんでいる。それを避《さ》けるためには、もうこれ以上他の生き物たちを絶滅させていけない。

ローリーは心に点《とも》った、そんな小さな希望の灯《ひ》を、もっと大きなものにしたかった。

その思いが命への執着、という感覚につながっている。そのためには、もう少しだけ生きていたい。そしてこの強い思いが、ローリーを「道」へと導いていた。

だが、死へのカウントダウンはすでに始まってしまった。

(後《あと》のことは、すべてママに託《たく》すしかない……)

すべてが遅すぎた。ローリーにできることは、もうなにもなかった。


パトリシアにとっても辛い日々がつづいている。

ローリーにはできるだけ普段通りに接している。本当なら大きな病院に完全看護付きで、ローリーを入院させたかった。でもローリーの希望は、

(この家が好き、この家にいたい……)

だった。ベン先生に聞いても、

(ローリーの好きにさせたらええじゃろう……)

という返事が返ってきた。

ベン先生の言葉には、なんの悪意もないことは分かっている。でも自分を責めているパトリシアにとっては、この言葉は、ローリーを見放したような言葉にしか聞こえない。

こんな言葉にさえも鋭く反応する状況。藁《わら》にも縋《すが》りつきたいと思うほどに耐えているパトリシアは、心が押しつぶされるような悲しさに二十四時間包まれている。

平静でいられるのは、気を張って看護しているローリーの前にいる時だけ。余計なことを考える余裕がないからだ。

時々ローリーの視線を感じる時がある。振り返ってローリーを見ると、必ずローリーはあの思慮深い眼差《まなざ》しで自分を見ていた。

そんな時、パトリシアはローリーにニコッと笑みを投げかけ、部屋を出ていく。部屋を出るとすぐに涙があふれてくる。

こんなにも多くの涙が、人の体の中に蓄《たくわ》えられているとは夢にも思わなかった。そしてローリーが母親の顔を脳裏に刻《きざ》みこむために、ずっと自分を目で追っているとは、思いもしないパトリシアだった。

そんな日が一月《ひとつき》ほどつづいていた。

白い靄《もや》が立ちこめ始めた明け方のこと。不安の中で、眠れないパトリシアは居間のソファーで縫い物をしながら、思わずうたた寝をしていた。

彼女は近くでクーの鼻息を感じると、フッと目を覚ました。目の前にクーの顔があった。

その顔がパトリシアをじっと見ている、悲しい眼の色をして……。

パトリシアは、思わず手にした縫い物を床に落とすと、はじかれるようにソファーから立ち上がり、二階のローリーの寝室へと駆け上がっていった。

ローリーは明け方の静謐《せいひつ》の中で静かに眠っているようだった。

パトリシアは恐《おそ》るおそるローリーに近づくと、いつもしているように、右手で彼の額にかかっている髪をやさしくかきあげた。

が、右手から伝わってきたのは、ヒヤリとするような氷のような感触。額《ひたい》にはすでにいつもの温かさはなかった。

ローリーは誰にも看取《みと》られることもなく一人で旅立っていた。

「キャーッ……　……　……　……」

という、パトリシア自身が思いもかけなかった悲鳴《ひめい》を上げると、彼女はそのままローリーの痩《や》せた体に突《つ》っ伏《ぷ》していた。

それは白い靄《もや》に包まれた、ロッキーの山々にも届くような悲嘆に満ちた叫《さけ》び声。

叫《さけ》びはやがて号泣《ごうきゅう》へと変わり、パトリシアがローリーの体から離れたのは、二時間余りもしてからだった。

立ち上がったパトリシアからは、涙は出尽《でつ》くし表情も消えていた。パトリシアには、失うものはもうなにもなかった。

クーはただ、虚《うつ》ろな目をしてローリーのベッドの脇にうずくまっている。レーブンも近くの樹上《じゅじょう》で、身動きもせずに、静かにローリーの旅立ちを見送っていた。

翌日、十二歳の子供の葬儀が営《いとな》まれた。

集まったのはベン先生を含めて近くに住む人たち五人だけ。

パトリシアは声をかけられなければ、口を開くことはなかった。彼女に表情がもどってくることもまたなかった。

集まってくれた人々は、彼女の悲しみを理解してくれる人たちだった。

葬儀が終わって家に帰ってきたパトリシアは、ローリーの死を知らせてくれたクーがいないことに初めて気づいた。

ローリーのことで頭がいっぱいになっていた彼女は、クーのことを気にかける余裕《よゆう》さえ失っていた。

さぞお腹《なか》も減っていることだろう……、そう思いながら、何度も手を叩いてクーを呼んでみた。長い間待っても見た。

でもクーの気配《けはい》は、家の中にも裏庭にも、どこにもなかった。クーは、ローリーの死と時を同じくして、パトリシアの前から忽然《こつぜん》と姿を消していた。

クーは誰もいなくなったローリーの墓の前に座り込んでいる。

ローリーがこの場所に埋められていることは臭いで分かる。でも守るべきローリーは死んでしまった。

以前から野生がクーを呼んでいた。だからローリーとの散歩の途中で、その野生の声にもっと耳を傾《かたむ》けるために、山奥にまで入り込んでいた。

クーにとって最も大事なことは、声を出せない、耳の聞こえない、そして自分の命を助けてくれたローリーを守ること。

それが生まれついての使命だと思って生きてきた。だから野生が呼んでいても、クーに野生に帰るつもりはまったくなかった。

そのローリーは死んでしまった。

クーが野生に帰ることを止めるものは、もうなに一つ残されていない。パトリシアは強い女性、自分の身は自分で守れる。

クーはローリーと最後の別れをするために、レーブンとこの墓地にきていた。

しばらくローリーとの別れを惜《お》しんでいたクーは、やがてロッキーの山々を見上げると墓地の裏側から山々へとつづく獣道《けものみち》を、ゆっくりとした足取りで歩いて行く。

近くの木に止まっていたレーブンもローリーの墓標《ぼひょう》を見ていたが、クーが山に向けて歩き出すと、静かに木の枝を揺らして空へと舞い上がった。

ロッキーの山並みに向かうクーを、風下《かざしも》の方からじっと見張る一つの影がある。クズリは嗅覚《きゅうかく》が鋭い。神経質なほどに風下《かざしも》を選んで、この影はクーの後をつけていく。

影の正体は、クズリを狙っているアイアンマンことゴードン・アイアンだった。

近くの知人にパトリシアの家に異変があったりしたら教えてくれるように、とかなりの金を払い依頼していたのだ。ゴードンにはローリーの体の弱さが見えていた。

「ローリーという子供が死んだ……」

という連絡が昨日入った。まさか子供が死ぬとは思わなかった。が、この子供が遅かれ早かれ入院する、ぐらいのことは思っていた。

もし入院してくれれば、クズリを残して家は無人になる。目の前のクズリをなんの障害もなく仕留められる、このストーリーがゴードンの予測の中に入っていたのだ。

この機会を待っていたゴードンは、今朝からずっとクズリの動きを見張っていた。希少動物の命の値段は、上がることはあっても下がることはない。

依頼主のハケットも、なかなか入手できないクズリの頭部に、最近ではイラつきを見せはじめている。そのせいなのだろう、つい先日、一月以内に仕留めてくれれば、どんな価格を付けられても、言い値で買うと言ってきた。

金持ち同士の間で、近じかトロフィーの品評会があるらしい。

見栄《みえ》っ張《ば》りのハケットは、数を減らしているクズリの頭部を出品して、この品評会でなんとしてでも一等賞を取りたいようだ。

ゴードンにとっても、大金を稼《かせ》げるこんな機会は滅多《めった》に訪《おとず》れない。絶対にこの獲物《えもの》を逃《のが》すわけにはいかなかった。そのために最新式の猟銃までを用意したほど。

今までの猟師経験すべてを駆使《くし》して、このクズリを仕留めるつもりでいる。そしてゴードンは、これぞ……、と狙った獲物を今まで逃《に》がしたことはなかった。

だが人家の近くで発砲はできない。見つかれば手が後ろに回る。

仕留めるとしたらロッキーの山の中。それが用心深く距離を開けて、山奥に向かうクーの後をつけていく理由だった。

ゴードンもアイアンマンと呼ばれるほどの凄腕《すごうで》の猟師。

二日前や三日前の足跡であれば追跡するのに、多少の苦労はするが、数時間前の足跡であれば、雑作《ぞうさ》もない追跡になる。

この山では、自分にかなう敵はいない……、グリズリーとの闘いを通して、クーはその絶対的な自信を持っている。まさか、こんなにも危険な猟師が自分を迫ってきているなどとは、露《つゆ》ほどにも思っていない。

クーの後につづいて、静かに近くの木から飛び立ったレーブンの黒い姿には、さすがのゴードンも気づくことはなかった。

第六章　心の旅路

ローリーを看取《みと》ってから一週間が経っていた。

この一週間をパトリシアは茫然自失《ぼうぜんじしつ》の状態で過ごしている。ローリーが逝《い》った後に、彼女から消え去った喜怒哀楽《きどあいらく》の表情も遠くへ行ったまま。

それほどにローリーの死がパトリシアにもたらした心の傷は深かった。

彼女は今ローリーの部屋にいる。

葬儀の後、ローリーの部屋に入るのは今日が初めて。ローリーの持ち物に触《ふ》れることさえ苦痛だった。ましてや、部屋に入るなどとは、とてもできることじゃなかった。

ベン先生が心配して、様子を見に二日に一度はきてくれる。それほどにパトリシアの憔悴《しょうすい》には激しく深いものがあった。彼女は、

(早くローリーの病《やまい》に気づいていれば……)

と、自分を責めつづけている。

「それでも結果は同じだったと思う……」

と先生は言ってくれる。

が、その言葉は彼女にとってなんの慰《なぐさ》めにもならなかった。色々な思いが走馬灯《そうまとう》のように、彼女の頭の中を駆けめぐっていたこの一週間。

時として冷淡《れいたん》に見える時の流れも、この時ばかりは彼女にやさしく寄り添っている。息もできないほどの、苦しさや心の痛みを味わった彼女だったが、時の流れが徐々にその苦痛を薄めていた。

昨夜、ローリーが夢枕《ゆめまくら》に立った。

「ママ、もう悲しまないで、僕は大丈夫、今はとても自由で幸せだからね……」

ローリーはパトリシアに、そうやさしく声をかけてくれた。

「ありがとう、ローリー……」

彼女は思わず、夢の中でそうローリーに返事をしていた。

その時、彼女は夢の中にも関わらず、思わぬ混乱をきたしていた。

ローリーの声は、生まれた時から奪《うば》われていたはず……、との意識が、夢の中だったがもどってきたのだ。

その夢の中で生じた混乱の所為《せい》で、思わずパトリシアは目を覚ました。その時、自分が夢の中で泣いていたことに気がついた。

話せないはずのローリーの声を、初めて夢の中で聞いた所為《せい》なのかもしれない。

夢の中に現れたローリーは、パトリシアの願望《がんぼう》の姿、

（あの世では幸せになって、自由に風のように舞い、踊ってほしい……）

そう彼女は毎日ローリーのために祈っていたからだ。

でもあのやさしい声は、決して夢の中の曖昧《あいまい》な声じゃなかった。まだはっきりとこの耳の奥に刻《きざ》みこまれている。

パトリシアは感じている、

（あの声は失っていなければローリーが持っていた本来の声……、そしてローリーの最後の自分への贈りものだったのかもしれない……）

彼女の鋭い感覚は、耳の奥に刻《きざ》まれた声をそう信じていた。

そしてそのローリーの声が、彼女の心に再び生気を呼び起こしていた。

（ローリーのためにもこのままじゃいけない……）

その第一歩がローリーの部屋に入ることだった。

ローリーの声を聞くまでは、彼の部屋に入ることさえできなかった、新たな深い悲しみに苛《さいな》まれるからだ。

ローリーの声を聞いた今、そんな負の思いは跡形《あとかた》もなく消え去っていた。ローリーに背中を押されて、部屋の中に入ってきたような気さえ、今はしている。

一週間も掃除をしていないローリーの部屋には薄く埃《ほこり》が積もっていた。彼女はローリーがしていたように、椅子に座ってパソコン台へ向かってみた。

その恰好《かっこう》をしていると、後ろ姿を見せてパソコンのキーを打っている、在《あ》りし日のローリーの姿が目に浮かんでくる。

この時初めて彼女は、

（しまった……！）

と思った。パソコンのパスワードをローリーに聞いていなかったのだ。

ローリーがなにを考えていたのか、まだほとんど知らない彼女。なにかを聞いても、ローリーはただ軽い笑みを返してくるだけだった。

パトリシアの思いも、ローリーとの時間はまだ十分にある、

（もう少し大きくなってから色んな話をしても遅くはないし、むしろその方がいいかもしれない……、十二歳じゃまだ大層《たいそう》なことを考えられるはずもないし……）

と考え、パソコンの内容などを気にしたこともなかった。

（この部屋にはまだ、ローリーの残《のこ》り香《か》が漂《ただよ》っているような気がする……）

そう思いながら、辺りを懐《なつ》かし気《げ》に見回すと、何気《なにげ》なく彼女はパソコン台の引き出しを開けてみた。大きな封筒がパトリシアの目に入ってきた。

表書きに、

「ママへ」

と書いてある。金釘《かなくぎ》で書いたような下手《へた》な字だ。ローリーはもっときれいな字を書いていたはず。

パトリシアは、眉間《みけん》にしわを寄せ、怪訝《けげん》な表情を浮かべると封を開けた。出てきたのは一枚の便箋《びんせん》に、表書きと同様の下手な金釘《かなくぎ》文字で書かれた短い手紙。

「生き物たちをたすけて……、子供たちをたすけて……、それから……」

と、一行だけ記されている。

ローリーの心から走り出た言葉なのかもしれない。が、それにしても意外な言葉の連《つら》なりだ。彼女にはこの三つの言葉の連《つら》なりが意味するものが分からない。

ただボンヤリと字面《じづら》をながめていた彼女は、その下に小さく四桁《けた》の数字が「パスワード」として記されているのに気が付いた。

短い手紙には、一通の手紙がクリップで止められていた。それはなんと、マットからパトリシアあてに出されていた手紙の一つ。

パトリシアは軽い衝撃《しょうげき》を受けていた、なぜ自分あての開封された手紙が、この短い手紙にクリップで止められているんだろう……、と。

マットは何通もの手紙を送ってきた。離別の道を選んだ彼女が返事したことは一度もない。開封しないままにすべての手紙が引き出しの中に眠ったまま。

ボンヤリと字面《じづら》をながめていた彼女のにぶい目の光に、徐々《じょじょ》に鋭さがもどってきた。そのままの姿で考えに耽《ふけ》っていた彼女に、その数瞬後、闇《やみ》を切り裂く、白い稲妻《いなずま》のような鋭い衝撃《しょうげき》が体全体を奔《はし》った。その衝撃《しょうげき》は、

（この手紙は、ローリーの遺書《いしょ》なのかもしれない……）

という驚愕《きょうがく》の思い。

人生という長い苦難の山河を、乗り越えてきた老人が遺《のこ》すのならまだ分かる。十二歳の子供が遺書《いしょ》を遺《のこ》して逝《い》くなど、パトリシアの想定にはまったくなかった。

だがそう考えれば、この金釘文字も理解できる。そしてローリーが自分の声をパトリシアに聞かせた理由も……。

この時、彼女にはすべてが、腑《ふ》に落ちた……、という思いがした。

ローリーは、彼女がフッと思ったように部屋に入るようにと、そして遺書を見るようにと、パトリシアの夢の中で、彼女の背中をやさしく押していたのだ。

体も自由には動かせなくなった最後の時間の中で、ローリーは必死になって頭の中に残っていた思いだけを、母親に伝えようと書き記していた。

下手《へた》な文字なんかじゃなかった。ペンも指で握《にぎ》れなくなっていたローリーは、拳《こぶし》でペンを掴《つか》んで書いていたのだ。

だから多くの文字をかけずに、字も金釘文字になっている。この三つの言葉の連なりは、ローリーの必死の思いがこめられた魂の叫び。

それに気づいたパトリシアは、目を固くつむりローリーの最期に思いを馳《は》せる。その彼女に浮かび上がってきた思いはベン先生の言葉、

「子供の心は誰にも推《お》し量《はか》れん、特にローリーのような沈黙の世界に住んでいるような賢い子供の心の深さは……。あんたにもわしにも理解できない深い心の世界がローリーの心にはある、とわしは思うとる……」

あの時はローリーの余命を聞くという悲嘆《ひたん》の最中《さなか》。先生の言葉には得心したが、その言葉を深く理解しようとする心の余裕《よゆう》はなかった。

ローリーの遺書を手にとっている今、先生の言葉がパトリシアの心を鋭い槍《やり》の穂先《ほさき》のように貫《つらぬ》いている。

生き物たちをたすけて……、子供たちをたすけて……、と遺書には書かれている。でもなにから助けるのか、が書かれていない。

彼女はパスワードの番号０８０９に目を落とした。ここに番号が記されているということ

とは、パソコンを開くようにとのローリーの指示。

ベン先生の言葉のように、本当に深い心の世界にローリーが住んでいたのなら、このパソコンを開くことで、その心の世界の一端《いったん》が見えてくるのかもしれない……。

彼女には考えもしていなかった、その思いが生まれていた。

フッと、胸の中を通り過ぎていく小さな影、それはパスワードの番号。

0809（八月九日）はパトリシアの誕生日。その日をローリーは大切なパスワードに使っていた。彼女は、ローリーの自分への深い思いをあらためて知らされている。

彼女はパソコンを開くと、ローリーの興味の歴史ともいうべき履歴《りれき》を最初に検索《けんさく》した。

履歴《りれき》を一覧《いちらん》していたパトリシアには、徐々に驚きの表情が浮かび上がり、それまでの、ぼんやりとした表情が、やがて厳《きび》しく、鋭いものへと変わっていった。

そのパソコンを操《あやつ》る作業は、いつしかローリーの心の旅路への探求《たんきゅう》、ともいうべき時間に変化し、パトリシアに、時の経過をも忘れさせていた。

彼女は検索の途中、何度も、フーッ、と深い吐息《といき》をもらしていた。

小さな衝撃《しょうげき》の連続そして驚き、パトリシアに出せる言葉はなかった。彼女の想像を越えた無数の言葉の羅列《られつ》が目の前に現れている。

『環境破壊の最終段階』、『人と自然との共生』、『気候変動のために死にゆく生き物たち』、

『人間の欲と愚かさ』、『自然の道理』、『キャンド・ハンティングの実態』等々。

どの言葉をとっても、十二歳の子供が検索するような言葉じゃない。

この言葉の検索を通して彼女に生まれてきた思い、それはローリーが人間の行く末に最大の関心を持っていたということ。

五体満足な自分でさえも人間の行く末を思うと、無数の災害に襲われている現状、そしてそれが加速されていく将来を考えれば、消えていく希望の灯《ひ》しか見えてこない。

それをあの小さな頭で、不自由な体で、一人悩み苦しんでいたのかと思うと言葉を失う。

彼女は今はっきりと知らされている、ローリーの世界は自分が思っていたものよりも、はるかに深い世界だったということを。

彼女の探求《たんきゅう》する手が、ある言葉に出遭《であ》った時、まるで全身を雷に打たれでもしたかのように、ピタリ、と動きを停止した。それは、

『白血病』そして『子供を失う母親の悲しさ』という二つの言葉。

その瞬間、彼女は思わず両手で顔を覆《おお》っていた。

「ウッ、ウッ、ウッ、ウッ、……………」

という喉《のど》を詰まらせたような声が、顔を覆《おお》っていた両手の指の間から漏《も》れ出してくる。

この二つの言葉には、さすがのパトリシアの強い心も抗しきれなかった。

指の間から、次から次へと涙がこぼれ落ちてくる。やがてそれは号泣《ごうきゅう》に変わり、部屋の中に響きわたった。

ローリーは自分の病気のことを知っていた、そしてそのことが、母親に深い悲しみを与えることも……。

この二つの言葉を通して、ローリーの真情を、そして長い間痛みに耐えてローリーが隠しつづけてきた、母親への思いやりの心を、今ようやくパトリシアは知ることができた。原因は自分だった……。自分を悲しませないために、ローリーは、この病気をひた隠しにしてきたのだ。

（ローリー、つらかったでしょう……、痛かったでしょう……、ごめんね、気づいてやれなくて、本当にごめんね……）

この言葉を何度も何度も、パトリシアは心の中で繰り返していた。

時の経過とともにこの衝撃も薄らいでいく。やがて彼女の脳裏によみがえってきたのは、ベン先生の言葉、

「ローリーは鋭い感覚で気づいていたのかもしれん、自分の病《やまい》が不治《ふじ》の病《やまい》であることを。だからあんたには隠していた、二度も悲しませることはない、と思うたんじゃろう……」

あの時の先生の言葉は正しかった。

パトリシアは自分を思いやるローリーの心のやさしさに、ただ言葉もなく瞑目《めいもく》し、深く頭を下げるしかなかった。

彼女の探求の旅はまだ途中。どれほど深い悲しみに出遭《であ》おうと、ローリーの世界を理解するためには、ここで立ち止まるわけにはいかない。

やがて気を取り直したパトリシアは、強い心を取りもどすと探求の旅へともどった。

『キャンド・ハンティング』の履歴もあった。自分がローリーに伝えた言葉。

パトリシアも自分で調べた。人間の持つ心の一部—愚かさ、残酷さ、を如実《にょじつ》に表す、吐き気を催《もよお》すような邪悪《じゃあく》な行為だった。

こんな行為を敢《あ》えてローリーに教えることはない……、そう判断して彼に話すことはなかった。どうやらローリー自身が調べて理解していたようだ。

気がつくと、すでに二時間余りが経過している。パトリシアの探求の旅も最終段階へときていた。そして最後にローリーが検索していた言葉は、

『利他の心』

検索を終えた彼女の心には、静謐《せいひつ》と平静がもどってきていた。

最初の驚きや衝撃が通り過ぎた後、時として悲しみに泡立《あわだ》つ心に耐え、なんとか冷静さを保ち、ローリーの心に刻まれた旅路《たびじ》をたどりつづけてきた。

その心の旅路《たびじ》は『利他の心』で終わっていた。

環境破壊やキャンド・ハンティングなどを通して、人間の愚《おろ》かさ、残酷さを見せられていたローリーの心が、十二年という短い人生の終着駅で、『利他の心』に出会うことができた。

『利他の心』とは、自分のことよりも、他の人や生き物の幸せを先に考える、人が持つやさしい心。

（ローリーは死ぬ前に、人間に希望の灯《あか》りを見ていたんだ……）

その思いが悲しみに沈んでいたパトリシアの心に、言葉に尽くしがたい救いを、そして慰《なぐさ》めを与えていた。

色々な悩みや苦しみを通して、ローリーはまた自分の生きる目的も見つけていたようだ。

あらためてパトリシアはローリーの遺書に目を落とした。

ローリーの心の世界を理解したパトリシアには、短い文面からローリーが救いを求める、切実《せつじつ》な声が聞こえてくる、

「生き物たちをたすけて……、子供たちをたすけて……、それから……」

自分のことよりも、他の人の幸せを考える心を持ったローリーが、母親に初めて救いを求めている。彼女は瞑目《めいもく》した、

（なにからたすけろ……、というのか？）

そうつぶやきながら。

ローリーの心の旅路を探求してきたパトリシアにとっては、それを見つけるための時間も手間も、もう大《たい》して必要なかった。

生き物たちをたすけて……、の後には「人間の手から」という言葉しか入らない。

子供たちをたすけて……、の後には「愚《おろ》かな大人たちの手から」という言葉しか入らない。

それから……、の後には「パパの手紙を読んで」という言葉しか入らない。その手紙が、ご丁寧《ていねい》にもクリップで止められているのだ。

何通届いても、そのまま未開封のまま引き出しにしまわれていたマットからの手紙。パトリシアは、初めてローリーによって開封された自分あての手紙を手に取った。

ローリーが何度もくり返し読んだのだろう、手垢《てあか》の汚《よご》れが見てとれる。それはパトリシアの心にも訴えかけてくる、マットの真情にあふれた手紙だった。

そこにはローリーの誕生の際、マットの軽率な行いで、二人が離別《りべつ》に至った経緯《けいい》も記されている。

この手紙を読んだローリーは、すべての事実を理解した上で、父親の軽率《けいそつ》な行為も許していたのだろう。

「父親は亡くなった……」

とパトリシアに告げられてから、ローリーは一切《いっさい》父親のことを口に出したことはない。

彼女はそのことを思っていた。

心の中では父親を許しながら、母親には黙っていたローリーの心境は、

(できればもうこれ以上、自分のことで母親を悲しませたくはない……)

という思いだったのだろう。

ローリーの行動は、病気を隠しつづけていたことを含めて、すべて、

(もうこれ以上、母親を悲しませたくはない……)

という一点に集約されている。

自分のすべての思いを抑《おさ》え込んでまで、母親を想いやってくれたローリー、パトリシアには口に出せる言葉が見当たらない。

そのローリーが、生きる灯《ともしび》が尽《つ》きようとしている最期の瞬間に、初めて父親に対する自分の素直な思いを金釘文字で声にしてくれた、

「それでいいの……、本当にそれでいいの、ママ……？」

と。夢の中で聞いたあの声が、またやさしくパトリシアに囁《ささや》いてきた。

ローリーの生前には、マットのことなど考えたこともなかった。

常にローリーのことが頭を占めていた、現在について、将来について、そして自分の死んだ後のローリーのことについて。

ローリーの死は、まだマットには知らせていない。

それは怒りというよりは、愛する息子を失ったという、深い喪失感《そうしつかん》のためだった。

そんな自分を気にかけて、ローリーは二度までもやさしく声をかけてくれた。

その声がパトリシアの目を前に向けさせている。

（これから自分はどうして生きていけばいいんだろうか……？）

ようやくそのことが彼女の脳裏《のうり》に浮かび上がってきた。そしてその思いが、ローリーの遺書の言葉を彼女に思い出させている。

（ローリーの願いに応じるために、なにをすればいいのか……？）

パトリシアは、深く沈み込むように考えに落ちた。


ローリーが最期の瞬間まで気にしてくれた、マットとの関係については、彼女の中では、呆気《あっけ》ないほど簡単に結論が出ていた。

パトリシアは心を無《む》にして、マットには向きあおうと思っている。ローリーが許したのであれば、パトリシアに彼を許さない理由はもうない。

またマットからは手紙がくるだろう、その時は自分の思いのたけを素直に、詳しく記し、返事をしたためるつもりでいる。

パトリシアは弁護士という職業に復帰するつもりでいる。

かつては人権弁護士として名を馳《は》せていたパトリシア、今からは誰もやらない環境を守るためだけの弁護士になる。

人権弁護士は他にも大勢いる。誰も困ることはない。

そして世界各地で虐《しいた》げられている生き物たちのために闘う。この闘いは、言い換《か》えれば、キャンド・ハンティングの感性を持つ木食い虫たちとの闘い。

これはローリーの願った、愚《おろ》かな大人《おとな》たちから子供たちを救う道にもつながる。

マットも、これがローリーの遺書に込められた切実《せつじつ》な願い……、ということを知れば、同意してくれるはず。

悲しいことに、三人で暮らすことはかなわなかった。が、三人で同じ道を歩いて行くことはできそうだ。

(これがローリーの最期に願った思いだったんだ……)

目をつむったまま心の中でそうつぶやくと、パトリシアは目の前に現れた、どこまでもつづく道を、じーっと見つめていた。

終章　長い道

　クーのいない生活が一週間つづいている。

　ローリーの葬式以来、姿を消したクーのことが頭から離れない。あの深い眼の色を想うたびに、ロッキーの山へ帰ったに違いない……、パトリシアはそう思っている。

　クーにはローリーの不自由な体の状態が分かっていた。だから彼を守るために「自然の道理」に背《そむ》いてまでも、ローリーと共に生きていた。

　守るべきローリーがいなくなった以上、大人《おとな》になったクーにはここに残る理由がなくなった。パトリシアには、そのクーの気持ちがよく分かる。

　クーにはどれほど感謝してもし足りない。

　ローリーに深い心をもたらしたのはクー、笑顔をもたらしたのもクー。クーは母子の間に、それまで横たわっていた、見えない壁までをも取り除いてくれた。

　山の端《は》に沈む、朱鷺色《ときいろ》の夕日を見ながら、

「ありがとう、クー……、本当にありがとう……」

　パトリシアは心の底から、ロッキーの山々へ向かってそう呼びかけていた。

パトリシアの家から、二百メートルほど離れた場所に黒い車が一台止まっていた。運転席には、なにかを思い悩んでいる様子《ようす》の男の姿が見える。

男は父親のマットだった。

ここ十日ほどは、仕事に忙殺《ぼうさつ》されローリーの様子を見にくることができなかった。ローリーの病状は把握《はあく》していた。

ローリーが病床《びょうしょう》につくと、マットは自分がローリーの父親であり、ここ数年の間、ローリーを見守っているということを、率直にベン先生に話した。

真実を話さなければ、ローリーの病状を聞くこともできない。くれぐれもパトリシアには内密にするようにも頼んだ。こんな大事な時に彼女の心をかき乱してはいけない。

ベン先生の人を見る目は鋭い。マットの話に嘘はない……、と確信した先生は病状の実態を話してくれた。

マットの悲しみは、筆舌《ひつぜつ》に尽くしがたいものになった。

自分の軽率さがローリーを父親のいない子にした。その不幸を背負ったローリーから、今度は命が奪われるという話だ。

その話を聞いたマットは、腰から床に崩れ落ちそうになるほどの衝撃《しょうげき》を受けていた。

その衝撃《しょうげき》に耐えて、マットは時折は近くまで車で来ると、五百メートルほどを歩き、木陰《こかげ》から病の床につく生前のローリーを見ていた。

ローリーの死は突然だった。今日十日ぶりにきてみると、もうローリーの葬儀は終わっていた。

病床につく生前のローリーを、木の陰から窓越しに見ながら、マットは何度もパトリシアと話をしよう……、と思った。

だがローリーがこんな状態になっても、連絡も寄こさないパトリシアに、マットはパトリシアの怒りが解けていないことを悟《さと》らされていた。

ローリーを失おうとしている彼女が、内心混乱状態にあることは容易に想像できる。その中で彼女はなんとか平静さを保とうとしている。

マットはその彼女の極限状態《きょくげんじょうたい》に、いかなる波風《なみかぜ》も立てたくはなかった。だから沈黙を守り通した。

つい先ほどまでマットは、墓の前でローリーに長い間語りかけていた。そのほとんどがローリーに対する詫《わ》びの言葉。

（このままではいけない……）

ローリーを失った今、マットは冷静な心でそう思っている。が、彼はまだパトリシアを愛している。それが運転席で思い悩んでいた理由。

彼には、また別の理由からも、パトリシアに会う必要があった。

「僕はローリーと会って、話したことがあるよ……」

その一言《ひとこと》を、彼女には告げておきたかった。

クズリの子供を救うために、大人でさえも真似《まね》のできない真の勇気を見せた、あの日のありのままのローリーの姿を、マットはパトリシアには話しておきたかったのだ。

それは彼女が見たこともなかった、そして見たかったであろうローリーの真の姿。

それだけを告げれば、マットは永遠にパトリシアの前から姿を消す。

彼女との絆《きずな》をつないでいてくれたローリーが逝《い》ってしまった。彼女との間に、二人をつなぐものは、もうなにも残されてはいない。

今日がパトリシアとの物語の最終章の最後のページ。

どれほどマットが望んでも、めくるページはもう残されてはいない、パトリシアが帰ってくることも、もうない……。

マットは静かに車から降りた。

そして錆《さ》びた太い鎖《くさり》をズルズルと引きずるように、重い足取りでパトリシアの家に向かって歩いて行く。

一方、家の中ではパトリシアがマットからの手紙を一日千秋《いちじつせんしゅう》の思いで待っている。その手紙の返事に、彼女の思いを詳細に記すつもりのパトリシア。

今日も手紙はきていない……。軽い失望とともに、所在なげにパトリシアは部屋の中を見回した。食卓の上に一日遅れの新聞がのっている。

彼女はソファーに座ると新聞を広げた。彼女は近郊の出来事を知らせる地方版からいつも読むことにしている。

「幸運と不運」

という小さな見出しが彼女の目を惹《ひ》きつけた。

「幸運」の記事は、パトリシアの家から五十キロほど離れた森の奥で、グループからはぐれ、道に迷った女性のハイカーがグリズリー（灰色熊）に襲われたという記事。

道に迷った彼女は、不運にもグリズリーに遭遇《そうぐう》してしまった。グリズリーに背中を見せて逃げることは、もっともやってはいけない行為《こうい》。

人間よりもはるかに速い脚力を持つグリズリーは簡単に追いつけるからだ。

が、それを知らずに、恐怖のために背中を見せて、走って逃げだした彼女の前に、今度は見たこともない獰猛《どうもう》そうな生き物が現れた。

挟《はさ》み撃《う》ちの状態になった彼女には、もう逃げる道はどこにもない。走ることをやめた彼女はあきらめ、そして死を覚悟した。

だが前から現れた獰猛《どうもう》そうな生き物は、彼女のそばを無表情に通り過ぎると、グリズリーに向かって牙をむいた、という。

彼女は恐怖のために一歩も動けず、体の芯から湧き上がってくる震えのために、歯をカチカチ鳴らしながら、その光景を見守るしかなかった。

すごい勢いで追いかけてきたグリズリーだったが、その生き物の出現で足を止め、それから両者はしばらく睨《にら》み合った。

やがてグリズリーは、突然クルリと後姿を見せると、恐怖で固まっている女性ハイカーには目もくれず、森の奥に姿を消したそうだ。

その後すぐに、獰猛《どうもう》そうなその生き物も、今度は彼女をやさし気《げ》な目で、チラリ、と見ると、振り返ることもなく、森の奥に消えたという。

幸いにもその後、グループのメンバーが彼女を発見し、全員無事に下山したというのが記事のあらましだった。

パトリシアの表情がゆるんでいた。

彼女は確信している、この生き物はクーだったのだと。山をよく知らない女性ハイカーが、数の少ないクズリを見たことがないのも当然のこと。

クーの心の中には、まだローリーが生きているようだ。でなければ、野生の生き物が人を助けることなどするはずがない。

「不運」の記事には、小さく「熟練《じゅくれん》の猟師が謎の死」、というタイトルがつけられていた。

ハイカーがグリズリーに襲われた場所からは、わずか二キロほどしか離れていない山中で、今度は猟師の遺体が発見されていた。

所持していた運転免許証から、名前が公表されている。ゴードン・アイアンが、その猟師の名前。女性ハイカーが襲われた日からは一日遅いだけの違い。

いかなる動物によって襲われたのか、分からないとのことで、「謎の死」というタイトルになったようだ。

（なんという偶然なんだろう……）

そう思いながらも、記事を読むパトリシアには理解できていた、この事件にもクーが関わっていることを。そしてクーを仕留めようと狙っていたゴードンが、クーとの闘いの末、逆に敗北《はいぼく》したのだ、ということを。

クズリは習性として人を襲わない。人間を獲物《えもの》の対象として見ていないからだ。

動物が人間を獲物《えもの》として見做《みな》さなければ、まず襲われることはない。海に暮らすシャチがいい例。

イルカやクジラは彼らの獲物《えもの》。サメの中でももっとも獰猛《どうもう》とされるホオジロザメでさえも、シャチにとっては好物の獲物《えもの》だ。

不思議なことに、他の生き物よりもずっと華奢《きゃしゃ》な作りの人間が、シャチの周りを遊泳してもシャチが襲ってくることはない。人を獲物《えもの》として見做《みな》していないからだ。

それは潜水器具を付けていても素潜《すもぐ》りでも同じこと。シャチの持つ高い知能で、人はシャチの仲間、と判断しているのかもしれない。

遺体を調べたのは、幸いにして生き物の生態に豊富な知識を持つ検視官だった。彼はまた、生き物の習性にも深い配慮があり、野生に対しても公平な目を持っていた。

猟銃を持ち狙った獲物を追いかける猟師が、獲物から必死の反撃を受け、逆にころされたとしても、それは仕事上のリスク（危険）で、仕方のないこと。

無防備のハイカーが襲われることとはまったく異質の問題。同列には扱えない。

仮にクズリを疑ったとしても、この意識を持つ検視官は、取りあえず襲った生き物は不明とし、事件を終わらせるつもりだ。

人に害を与えない生き物を駆除《くじょ》しても、人のためにも自然のためにもならない。

ここは人間の暮らす複雑な管理社会じゃない。人里を遠く離れた山中で起きる色々な出来事には、時として、こういう裁量《さいりょう》が必要とされる。

パトリシアの理解は正しかった。

ゴードンはクーを追って森の奥に踏み込んでいた。

獲物《えもの》の習性を知り、彼らの行動を読みながら先回りして仕留める、それが猟師の技《わざ》。ゴードンは熟練した技を持つ凄腕《すごうで》の猟師。そうして今まで多くの獲物《えもの》を仕留めてきた。

クーは最大の危機を迎えていた。だが、さすがのゴードンにも見逃《みのが》していた点が一点だけあった。それがレーブンの存在。

まさかワタリガラスがクズリの共生相手だなんて……、いかに凄腕《すごうで》の猟師でも、それは想像の範囲をはるかに越えていた。

レーブンの協力で、クーには追跡してくる人間の位置は、手に取るように分かっていた。

そして、以前嗅いだことのある危険な臭いを持つ人間が、自分を追跡していることにも、鋭い嗅覚を持つクーは気づいていた。

大きな獲物《えもの》を相手にするときの攻撃方法、樹上《じゅじょう》から相手を攻撃するやり方でクーは、自分を執拗《しつよう》に狙い、追跡《ついせき》してくるゴードンに逆襲《ぎゃくしゅう》していた。

木々がうっそうと茂る森の中、突然樹上《じゅじょう》から落ちてきて、頭部の急所を噛《か》み砕《くだ》いてくるのだ。攻撃は落下する間の一瞬の出来事。

森の中での警戒心は、前後左右に対してしか向けられない。決してゴードンが油断していたわけじゃなかった。

こういう状況では、どんな凄腕《すごうで》の猟師にだって避《さ》ける術《すべ》などあるはずもない。

せめてもの慰《なぐさ》めは、痛みを感じる暇《いとま》もなく、ゴードンがあの世へ旅立った、ということだった。

この記事はまた、パトリシアに別の深い感懐《かんかい》を抱《いだ》かせていた。

それはゴードンの死を通して、ぶくぶくと、泡《あわ》のように浮かんできた、「天網恢恢疎《てんもうかいかいそ》にして漏《も》らさず」という喩《たと》え、それは悪事を行えば必ず天罰《てんばつ》が下る、ということ。

良いことをしていても、また悪事をはたらいていても、結局はその最期の時に、人はみな、それぞれが帳尻《ちょうじり》を合わせて旅立《たびだ》っていくのだろう……。

掟《おきて》を破り，人をだまし、悪事を重ねてきたゴードンの死が、それを証明しているように彼女には思えてならない。

またそうでなければ、貧しくてもこつこつと、正直に、地道《じみち》に生きてきた、善の心を持つ人々が報《むく》われない。

この結末もまた、与えられた道の一つなのかもしれない……。

そう思ったときに、ゆらり……、と水泡のように、パトリシアの心に浮かび上がってきた思いがあった。

それは、短いローリーの人生に横たわる「道」という感覚。

ローリーは十二年という短い生涯を終えた。

履歴を検索していた彼女は、その検索の過程がすでにローリーの道になっているような気持ちに、何度かさせられていた。

その思いは、

（ローリーは、自分が知るべきことを探求しているうちに、意識することなく、人生における、自分の道を作り上げていたんだ……）

という彼女の感覚につながっていた。

目的と道は似《に》て非《ひ》なるもの。道には人生という重みがある。目的は、その道程に置いている石塊《いしくれ》の一つに過ぎない。

八十年という人生でも無為《むい》な道もあれば、十二年という人生でも有為《ゆうい》な道もある。要は生きた人生に、どれほどの心の熱《あつ》さを注《そそ》げたかによる。

パトリシアの目は、ローリー・バートンという一人の人間が、十二年という短いけれども、確かに歩いてきた道のようなものを見ていた。

ローリーの目を覚醒《かくせい》させたのは、クーの存在。クーを通して自然を知り、クーを通して生きとし生ける物の姿を感じることができるようになった。

このクーと暮らした二年の間をローリーは精一杯生き、美しいものを見るだけじゃなく、悩み苦しむようにもなっていた。

短いがその濃密《のうみつ》な二年という時間は、ローリーの人生に確かなものを作っていた。それが道というもののような気が、パトリシアにはする。

道とは、簡単に変えられる目的というような、浮薄《ふはく》さがただようものとは異なる、凝縮《ぎょうしゅく》された時という重さを秘めたもの。

今ローリーの作った道が、パトリシアの前に現れている。

そしてそれは、なぜか彼女が小さい時から歩きたいと思っていた道でもあった。

その道をローリーに歩かせようとしたこともあった。が、ローリーの生まれながらの不幸に、その夢を断念していた。

そのローリーが、あろうことか夢である、その道を作り上げていた。それに気づいた彼女は語るべき言葉を失っていた。

夢を断念した幼い息子に、

（この道を歩いてほしい……）

というように、突然その道を見せられたのだ。

環境にやさしく寄り添い、子供たちの未来を守るため、他の生き物たちの命を守るために歩く道、その道を今ローリーがパトリシアに託《たく》そうとしている。

そして共に歩くように……、とパトリシアの背中を押している。

彼女は思わず、風が吹き渡る窓の外に目をやった、

（やっと自由になり、元気になったローリーが、風に姿を変え、舞っている……、躍《おど》っている……）

そういう光景が心の中に浮かんできたのだ。

それと同時だった、彼女がローリーに伝えつづけてきた自然を大切にする心、その心のすべてをローリーは理解していたんだ……！、という閃《ひらめ》きを脳裏に感じたのは。

やがて沈思《ちんし》していたパトリシアに納得《なっとく》の微笑《ほほえ》みがもどってきた。

ローリーはパトリシアの話、態度のすべてを理解していた。あの思慮深い眼差《まなざ》しは、そのことを如実《にょじつ》に物語っていた……、それを今ようやく彼女は知らされている。

今まで霧のベールに包まれて見えなかった、ローリーの謎の部分がすべて、露《あら》わに鮮やかに目の前に現れている。

ローリーは、病気を隠すためにパトリシアと話すことを極力《きょくりょく》避けていたが、その実《じつ》、母親が伝えることのすべてを理解していたのだ。

今彼女は、ローリーとの間にあった距離が一瞬にして埋められたことを悟《さと》っていた。

パトリシアは思っている、これからローリーは、自分の心の中で一緒に生きていくんだ……、と。

窓外《そうがい》の風の流れを、じっと見つめるパトリシアに、ほのかな笑みが浮かんでいる。

その頬《ほお》を一すじの涙が、ツーっと、伝《つた》い流れ落ちた。

それは悲しみの涙ではなく、過去との別れの涙。

もうパトリシアに涙は必要なかった。彼女の目にはこれから先、ローリーと歩いて行く、長い道がくっきりと映《うつ》し出されている。


十メートルほど先にパトリシアの家のポーチが見えてきた。マットは立ち止まっていた。色々な思いが彼の脳裏を駆けめぐっている。彼は大きく深呼吸をした。

その時だった、一陣の風が巻き起こり、マットの背中をやさしく押した。

俯《うつむ》いていた顔を上げると、マットは思わず辺《あた》りをキョロキョロと見回した。今は、いるはずのないローリーを身近《みじか》に感じたからだ。

風は空高く舞い上がるとクーの住む森を目ざして、朱鷺色《ときいろ》に染まった森の木々を揺らしながら、ザーッ……、と吹き抜けていった。

立ち止まっていたマットは、幻《まぼろし》を打ち消すように力なく顔を横に振ると、またゆっくりと重い歩《あゆ》みを進めた。やがてポーチにたどり着く。

ドアの前に立つとドア横の呼《よ》び鈴《りん》をじっと見つめている。マットにあらためて迷う心がもどってきた。

マットはまだ知らない、呼《よ》び鈴《りん》を鳴らした次の瞬間から、新しい人生のページをパトリシアと、また二人でめくることになる……、ということを。

そして新しい物語の幕が開き、今度は三人でページをめくり、ローリーに託《たく》された長い道を歩いて行く……、ということを。

彼の迷いに揺れる心とは裏腹《うらはら》に、美しい朱鷺《とき》色《いろ》の夕日がポーチに差し込んでいた。マットの横顔も鮮《あざ》やかな朱鷺《とき》色《いろ》に染められている。

マットは、大きく息を吸い込むと、決心したように強く呼《よ》び鈴《りん》を鳴らした。

家の中で人の動く音、やがてドアが開くと、マットの体は吸い込まれるように家の中へと消えていった。

その一部始終《いちぶしじゅう》を小動きすることもなく、近くの大きな楓《かえで》の枝からじっと見つめる一つの影があった。

神の使いとされるワタリガラス、レーブンの姿。

レーブンは、家の中に消えたマットの姿を見届けると、

「カーーーッ……　……」

と一声放ち、大きな羽音《はおと》をたてて勢いよく高い空へと舞い上がった、空高くに流れる上昇気流をつかまえるため。

行き先はローリーも吹き渡っていったクーの住む森。上昇気流に乗って飛ぶレーブンには、豆粒ほどに小さくなったパトリシアの家が見える。

レーブンの下界《げかい》を見る、その透《す》きとおった神秘的《しんぴてき》な眼には、今まで誰も気づかなかった、どこまでもつづく一本の長い道が鮮《あざ》やかに映《うつ》し出されている。

完

書評

「静かな少年とクズリの物語」に寄せて

藤女子大学名誉教授　新井良夫

私は二郷半二の作品には全て目を通しているつもりだが、この作品には今までとは少々異なる趣を覚えた。重く迫ってくるものが希薄になっている……、そんな気がしたからだ。

その代わりに、大人同様に子供が持つ精神の深さについての鋭い考察が示されている。この子供の侮りがたい精神の深さには私も思わず共感していた。今思い起こすと、遥か昔に私にも同様な経験があったからだろう。

主人公のローリーは聞くことができず、話すこともできないという状態で生まれてきた。すべてに対して興味を抱けない状況が10歳の時まで続く。が、生まれて一月ほどのクズリの子供を拾ってからは、その感性が劇的に変化していく。

この作品は音のない世界に生きてきたローリーの、10歳から12歳で白血病のため天に召されるまでの2年間の心の軌跡（道）を描いた作品である。

私は週日の雨の日、美術館に行くのを好む。

静まりかえった昼下がり、ある静物画の前で足が止まった。どれほどの時間が経っていたのだろう、私はフッと足の疲れを感じて我に返った。　かなり長い間その静物画に見とれていたような気がする。

静物画から醸し出されるものに心が強く惹かれていたのだろう。

この「静かな少年とクズリの物語」はその静物画を私に思い出させてくれた。　じわり……、と心に響くものに心を奪われていた。

二郷半二
大手総合商社、大手重工メーカーを退職後、貿易会社を経営しながら複数の一部上場企業及び海外官庁のコンサルタントを兼任する。
海外生活はカナダでの社会人生活を含め、ヨーロッパ及びアジア五か国以上での豊富な生活体験を有する。
2008年以降は仕事をコンサルタント及び現地エージェントに特化し現在に至る。

【著書】
1．裏金（2015年）国際競争入札の内幕を扱った経済小説―実話に基づく
2．修羅の大地（2016年）国際随意契約の内幕を扱った経済小説―実体験に基づく
3．歌舞伎町四畳半ものがたり（2017年） 実話を基にした人情小説
4．エターナルバーレーの狼（2019年7月15日出版） 児童文学
【(社) 全国学校図書館協議会「選定図書」】
5．狼犬《おおかみいぬ》・ソックス（2021年1月4日出版） 児童文学
6．北極熊《ポーラーベアー》ホープ（2021年11月30日出版） 児童文学
【(社) 全国学校図書館協議会「選定図書」】
7．森の王灰色熊《グリズリー》リーズ（2023年4月12日出版） 児童文学

静かな少年とクズリの物語

2023年12月4日　　第1刷発行

著　者――― 二郷半二
発　行――― 日本橋出版
〒103-0023　東京都中央区日本橋本町2-3-15
https://nihonbashi-pub.co.jp/
電話／03-6273-2638
発　売――― 星雲社（共同出版社・流通責任出版社）
〒112-0005　東京都文京区水道1-3-30
電話／03-3868-3275

ISBN 978-4-434-33187-9